밤
바
다

건
너
기

밤바다 건너기

제1판 1쇄 발행 2011년 2월 1일
제1판 11쇄 발행 2024년 3월 27일

지은이 강미
펴낸이 이광호
펴낸곳 ㈜문학과지성사
등록번호 제1993-000098호
주소 04034 서울 마포구 잔다리로7길 18(서교동 377-20)
전화 02) 338-7224
팩스 02) 323-4180(편집) 02) 338-7221(영업)
전자우편 moonji@moonji.com
홈페이지 www.moonji.com

© 강미, 2011. Printed in Seoul, Korea

ISBN 978-89-320-2182-9 43810

밤바다 건너기

강미 장편소설

문학과지성사
2011

차례

제 1 부

자기

앞의

바다

5월 16일, 동우

구획 정리된 거리에 집들이 반듯반듯하게 들어차 있다. 벽돌 외관의 이층 양옥으로, 한 틀에 찍어낸 복제품 같다. 복제품 진열이 끝나는 데서 학교 담이 시작된다.

담을 따라 걷던 동우는 벌레가 잔뜩 파먹은 플라타너스 앞에서 걸음을 멈춘다. 높이가 가장 낮은 지점이다. 담 저쪽도 화단 흙이 봉긋한 곳이니 뛰어넘기에 좋은 위치다. 동우는 나무의 옹이를 디디며 두 팔로 담을 잡는다. 반동의 힘으로 단번에 몸을 끌어올려 턱에 올라앉는다. 이쪽과 저쪽, 담 안과 담 밖의 세계가 동시에 눈에 들어온다. 마이크를 잡았을 때처럼 몸과 마음이 짜릿해진다. 비록 대타이긴 했지만 이래 봬도 보컬 출신 아니냐, 동우는 작년 축제 때 불렀던 노래를 흥얼거린다. 잠시 후 숨을 멈추고 아래로 몸을 날린다. 몸을 받은 화단 바닥이 둔탁하게 울린다. 동우는 주위를 두리번거린다. 다행히 아무도 보이지 않는다. 성공이다. 며칠 전에는 학생부장에게 걸려 오전 내내 화장실 청소를 했다. 그렇게 재수 없는 날이 있기도 하지만 동우는 정문 출입보다 담치기 등교가 익숙하고 좋다.

무사히 교실에 들어선다. 그런데 오늘따라 지각생이 많다. 운동장에서 단체기합을 받고 교실로 들어오는 애들 중에 진석이도 끼어 있다. 버스가 안 와서 늦었는데, 그 말 하는 바람에 매도 벌었다며 툴툴거린다. 복장 검사로 시작한 조례는 돈 낼 사람 명단 부르는 것으로 마무리된다. 동우의 이름은 급식비에다가 '방과후학교' 교육비 미납자에까지 들어 있다. 성의가 없는 탓이라는 담임의 말이 거슬린다. 성의라구요? 성의가 아니라 돈인데요…… 동우는 미간을 찡그리며 담임의 얼굴을 쏘아본다.

담임은 줄기차게 잔소리를 늘어놓는다. 동우는 다리를 떨며 괜스레 주위를 흘깃거린다. 진석이 책상 위에 놓인 유인물에 눈길이 머문다. '시민들에게 드리는 글.' 제목이나 내용보다 하단에 박힌 은하교통 마크가 먼저 눈에 들어온다. 아버지 셔츠에 박힌 것과 똑같다. 아버지는 저런 일을 두고 준법투쟁이라고 했다. 월급이 두세 달씩 밀린 지 일 년이 넘었고, 몇 달 전부터는 아예 한 푼도 나오지 않았다. 사업주가 농간을 부리기 때문이라고 했다. 동우는 아버지가 무슨 일을 하든지 관심 없다. 하지만 월급을 못 받는 건 아버지만의 문제가 아니다. 집안 전체가 비상시국이 되어 쪼들린다. 짜증나고 고통스러운 일이다. 그렇다고 데모를 해서 해결될 일일까? 몰라,

내가 알 게 뭐람. 동우는 복잡해지려는 생각을 툭툭 털어내듯 오른쪽 다리를 다시 떨어낸다.

이래저래 갑갑했던 게 문제였는지 오후에 일이 터져버렸다. 칠교시 시작종이 울린 시점이었다. 수업을 하기 위해 선생들이 교무실이 있는 일층에서 사층까지 올라오는 동안이라면, 담배 한 대 정도는 피울 수 있다. 습관적으로 해오던 일이기도 했다.

청소를 끝낸 화장실을 얼쩡거리던 동우는 진석이가 들어가 있는 두번째 칸막이 문을 연다. 안은 이미 연기로 뿌옇다. 동우는 진석이가 물고 있던 담배를 받아 깊숙이 빤다. 짜릿한 기운이 목을 타고 자르르 내려간다. 속이 편안해지고 머리가 개운하다. 진석이 펀치를 날리는 시늉을 하더니 먼저 나간다.

그런데 이내 밖이 소란스럽다. 매섭게 몰아붙이는 소리. 복도로 나가던 진석이가 붙잡힌 모양이다. K선생의 새된 음성이 화장실을 울린다. 진석이 말은 들리지 않는다. 동우는 급히 담배를 끄고 옷을 입은 채로 변기에 앉는다. 좀 조용해졌나 싶은 순간 누가 사납게 문을 두드린다. 안에 있는 거 다 알고 있어. 빨리 나와…… 동우는 끝까지 버티려고 마음먹는다. 그런데 헤이, 정의의 사나이, 들어가는 거 다 봤으니까 나와, 라고 말하는 데는 더 이상 버틸 재간이 없다. 동우는 문을 열고 나와 진석이 옆에 주춤거리며 선다.

"드디어 나오셨네. 암, 그래야 정의의 사나이지."

K선생의 첫마디부터 동우의 신경을 긁는다.

정의의 사나이, 작년 봄부터 생긴 동우의 별명이다. 이 학교의 점심시간은 학년별로 달라 일이 학년은 삼교시 후, 삼학년은 사교시 후에 밥을 먹는다. 그런데 그날은 모의고사를 치는 날이라 점심시간이 같았다. 삼학년부터 삼십 분의 시차를 두고 배식한다고는 하지만 제대로 지켜질 리 없었다. 뒤로 빠져야 하는 이학년들은 기다리려 하지 않았고, 앉을 자리가 부족해진 삼학년은 끼어들지 말라며 소리 질렀다. 동우는 그런 소란과 무관하게 농구를 하고 있었다. 두 게임을 마치니 얼추 시간이 맞아 숨이 턱에 닿도록 뛰어갔다. 그런데 급식소 출입구 앞에서 애 하나가 작살나게 맞고 있었다. 가만 보니 같은 반의 진석이었다. 친한 사이는 아니었지만, 상급생 둘한테 일방적으로 맞고 있었다. 다른 애들은 배식 줄에 선 채 흘깃거릴 뿐이었다. 그냥 멀거니 보고 있을 수 없었다. 동우는 진석이 앞을 가로막은 다음 무슨 일이냐고 따지듯 물었다. 대답은 주먹이었다. 두 대는 그냥 맞았으나 그 이후는 참지 않았다. 동우는 주먹을 뻗어 상급생의 가슴을 가격했다. 순식간에 벌어진 난타전은 상급생이 피 묻은 이를 뱉으면서 끝났다.

우연히 끼어든 싸움의 뒤처리는 길고 고통스러웠다. 우선 학생부에 불려가서 곤욕을 치렀다. 폭행만으로도 형사 입건 감이에요. 근데 '집단'에 '상급생 폭행'까지 붙었으니…… 호출당한 아버지는 내내 고개를 주억거렸다. 하지만 죄질이 워낙 나쁘다고 말할 때는 학생부장을 짧게 노려보기도 했다. 선배의 말에 덤벼든 진석이, 후배를 구타한 삼학년 두 명, 선배를 구타한 동우, 모두 징계위원회에서

"정상을 참작하여" 교내봉사 일주일을 받았다. 더 큰 문제는 부러 뜨린 앞니 세 개였다. 다친 편에서는 천오백만 원을 요구했다. 눈앞이 캄캄할 수밖에 없었다. 담임과 학생부장의 중재로 여름방학에 들어갈 즈음 겨우 합의가 이루어졌다. 진석이네는 "도의상" 이백만 원을 내놓고는 더 이상은 언급조차 못하게 했다. 부유함이 묻어나는 진석이 어머니의 옷차림과 말본새가 무색할 지경이었다. 천만 원은 고스란히 동우 몫이었다. 동우 주먹에 나간 것이니, 우습지만 계산은 바로 한 셈이다.

너, 합기도 했다며. 혼탁한 무림을 평정하려고 주먹 날렸어? 그냥 보고 있을 수가 없었다고? 네가 무슨 정의의 사나이라고…… 교무실 앞에 꿇어앉아 있거나 징계 기간 중에 가장 많이 들은 말이 그 '정의의 사나이'다. 정의는 무슨 개뿔? 선생들이 자기를 보는 눈빛부터 못마땅한 동우는 그렇게 불리는 게 싫었지만, 그 후 동우의 별명이 되어버렸다.

느물거리는 K선생의 말이 계속된다. 동우는 고개를 숙인 채 시간이 빨리 지나가기를 바란다. 하지만 '현행범'을 검거한 K선생은 갈수록 기세등등하다.

"진석이 너, 요즘이 어느 땐데 실내흡연이야? 이놈아, 나도 나가서 핀다. 어, 쳐다보면 어쩌겠다는 거야. 그렇게 눈깔을 지릅뜨면, 아이쿠, 그래 잘하셨어요, 할 거 같나? 도대체 누구한테 배운 버르장머리야? 부모가 그렇게 가르치든?"

여기서 부모가 왜 나와? 성질이 뻗친 동우는 진석이를 곁눈질한다. 녀석의 눈꺼풀이 떨리고 눈이 깜박거린다. 깜박이는 속도가 점점 빨라지고 미간까지 찡그려진다. 동우도 겪어봐서 아는, 틱 증세다. 참다못한 녀석이 눈을 가리려는 순간 K선생의 손바닥이 먼저 날아든다. 철썩, 녀석의 뺨이 옆으로 돌아간다. 제기랄, 뭔가 꼬이고 있다. 아니나 다를까 K선생이 씩씩댄다.

"어쭈, 대답은 안 하면서 이상한 짓만…… 그래, 너는 짖어라 나는 모르겠다 이거냐? 내가 진작 알아봤지만……"

"선, 선생님. 얘가 틱이 있어서……"

동우가 급히 말하며 진석이 앞으로 나선다. 주춤 물러서는가 싶던 K선생이 날카롭게 소리를 지른다.

"뭐야, 이 새끼는?"

K선생이 다짜고짜 달려든다. 주먹과 발이 번갈아 동우의 옆구리며 다리를 치고 들어온다. 끼어들려던 진석이는 한 대 맞더니 저만치 물러나고 만다. 비틀거리던 동우는 다시 중심을 잡는다. 눈꺼풀이 다다다 움직이고 두 다리가 부르르 떨린다. 동우는 두 주먹을 쥐고 또 쥔다. 담배를 피운 건 잘못이다. 안다. 하지만 몰매까지는 너무하지 않은가. 짐승에게도 이러지는 않을 거다. 동우는 눈을 감는다. 그렇지 않으면 K선생의 팔을 꺾거나 주먹을 뻗을 것만 같다.

생각이 자꾸만 극단으로 흐른다. 한방 날려버리고 떠나면 그만이다, 학교에 미련 없다, 끝내자, 끝내버리자…… 그런데 그 순간 어머니가 떠오른다. 다정하기는커녕 걸핏하면 울고, 늘 화가 나 있는 어머니다. 도대체 왜 그러냐고 하면 가슴에서 무엇인가 치밀어 오

른다며 앞섶을 뜯는 사람이다. 그뿐인가. 방문을 닫으면 금방 열어
젖혀야 하고, 잠들 때조차도 형광등을 끄지 못한다. 동우는 어머니
영상을 지우기라도 하듯 고개를 흔든다. 하지만 사라지기는커녕 끝
도 없이 눈물을 흘리던 모습, 그릇을 패대기치던 장면, 동세야, 동
세야…… 숨을 껄떡거리며 형을 부르던 어머니의 모습이 영화 장면
처럼 이어진다. 동우는 튕겨나가려던 주먹을 옆구리에 꽉 붙인다.

화장실 밖이 어수선하다. 열린 문틈 사이로 애들이 욱시글득시글
하더니 그 수가 점점 불어난다. 교실 안으로 학생들을 몰아넣는 선
생들 고함 소리가 복도를 울린다.

"씻고 학년실로 와, 두 놈 다!"

주먹과 발길질을 거둬들인 K선생이 휘돌아보며 나간다. 동우는
여전히 차려 자세로 서 있다. 둥글고 좁은 목으로 우우 치받치던 말
은 끝내 밖으로 나오지 못했다. 주먹 또한 일 센티미터도 뻗지 못했
다. 벌건 얼굴이 거울에 들어차 있다. 미간을 찡그리자 짙은 눈썹까
지 꿈틀거린다. 동우는 낯선 얼굴을 바라보며 수돗물을 세게 튼다.

동우와 진석이 학년실로 들어서자 여러 선생들의 눈길이 쏠린다.
이미 K선생에게 자초지종을 들었을 것이다. 그들은 고개를 설레설
레 흔드는가 하면, 미간을 좁히며 안타까운 표시를 내기도 한다. 그
게 유일하게 할 일인 것처럼.

담임이 다가온다. 동우는 자신의 손바닥을 척척 내리치는 담임의
지시봉을 쳐다본다. 아니나 다를까 담임은 동우와 진석이 머리를

한 대씩 때리고부터 본다.

"월담으로 학생부에 걸린 게 며칠 지났다고 또야? 담임 물 먹이는 것도 유분수지."

둘이 몸을 움찔대자 기선을 제압했다고 여겼는지 목소리가 더 커진다.

"내가 우스워? 학교가 만만하다 이거야?"

다시 지시봉이 날아들 태세다.

"잘못했습니다. 다시는 그러지 않겠습니다."

진석이 말하는 사이 담임의 시선이 동우에게 꽂힌다. 그 서슬에 머뭇거리던 동우도 입을 연다. "아닙니다. 죄송……"

말도 맺기 전에 K선생이 끼어든다.

"오호, 터진 입이라고 말은 잘하십니다. 왜, 조폭 우정도 우정이라면서요? 날뛸 때는 언제고 여기선 기가 죽습니까?"

비아냥거리는 저 소리, 정말이지 꼭지가 돌 것 같다. 동우는 자신을 붙잡았던 어머니의 영상을 지워버린다. 더 이상 참기 어렵다. 동우는 K선생을 노려본다.

"사실을 말했을 뿐입니다."

"어디서 대꾸야? 이 자식이 정말……"

K선생이 옆에 있던 몽둥이를 든다. 그와 동시에 누군가가 동우의 팔을 세게 잡는다. 최혜진 선생이다. 언제부터 보고 있었는지 어디서부터 달려왔는지 알 수 없다.

"동우야, 나가자."

하지만 이미 늦었다. 어깻죽지를 맞은 동우는 책상을 내리친다. 보호용 유리가 거미줄 같은 금을 내며 깨진다. 그 바람에 K선생이 움찔 물러나고, 최혜진 선생은 다시 동우를 거세게 끈다. 끌고 끌리는 두 사람 앞을 담임이 막는다.

"최 선생, 저 녀석 담임은 납니다. 왜 이래요?"

동우는 그녀와 담임의 시선이 날카롭게 부딪치는 것을 본다. 새로운 싸움으로 번질 기세다. 하지만 그 순간 최혜진 선생이 담임에게 사정하듯이 허리를 굽힌다. 둘러선 선생들의 눈이 휘둥그레진다. 담임이 입을 쩝쩝거리며 길을 터준다. 그 틈으로 그녀는 잰걸음을 옮긴다. 동우는 얼떨떨한 상태로 떠밀려 나간다.

긴 복도를 지나고, 계단을 내려가고, 또 복도를 돈다. 여교사 휴게실이라는 팻말이 달린 문을 열고 안으로 들어간다. 칸막이, 소파, 싱크대가 놓인 작고 어두운 공간이다.

"동, 동우야, 왜 자꾸 이런 일이……"

"선생님이야말로 왜 이러세요? 상관 마시라고요."

"무슨 말을 그렇게 해? 성질부리다가 무슨 일 생기면……"

"퇴학밖에 더 있겠어요? 나가면 그만이지."

"뭐라고? 고작 퇴학하려고 이날까지 참고 다녔던 거였어? 그래, 때려치우고 나가면 누가 기다려줄 거 같아? 네 성질머리 받아줄 데 있을 거 같아?"

"아이, 웬 참견이세요? 담임은 작년에 끝났잖아요. 이깟 놈, 어떻게 되든 간섭하지 마세요. 제가 이동세 동생인 것, 이제 그만 잊어버리시라고요. 아니지, 차라리 저도 심부름 보내세요. 물론 우리 어머니는 모르게요."

최혜진 선생이 멍하니 올려다본다. 동우는 제 머리카락을 쥐어뜯는다. 항상 이 모양이다. 마음과 다르게 말이 먼저 튀어나온다. 되는대로 지껄이거나 움직여놓고 뒤늦게 후회한다.

"……아, 그게 아니라……"

수습하고 싶다. 하지만 동우는 할 말을 찾지 못한 채 더듬거릴 뿐이다. 선생이 숨을 할딱이며 동우의 가슴을 때린다. 시늉뿐인지 하나도 아프지 않다. 동우는 가만히 선 채 피 나는 손등을 멍하니 바라본다. 손등만큼 마음이 쓰리다. 핏자국이 번지듯 동우의 눈에도 눈물이 어린다. 동우는 입술을 깨물며 고개를 돌린다. 그녀에게 약한 모습을 보이긴 싫다.

"어디 보자. 피 나는 거 아니야?"

그러거나 말거나 동우는 움직이지 않는다. 그녀는 손수건을 꺼내다 말고 동우를 올려다본다. 그래도 동우는 눈을 맞추지 않는다. 그녀는 긴 한숨을 내뱉더니 그대로 나가버린다. 한 세계가 사라지는 소리를 내며 문이 닫힌다. 지탱하고 있던 기운이 한꺼번에 빠져나가는 느낌이다. 그대로 주저앉을 것만 같아 동우는 다시 두 다리에 힘을 준다. 참았던 눈물이 왈칵 쏟아진다.

5월 18일, 연우

무슨 책을 이렇게 많이 사라는지 모르겠다. 오늘만 하더라도 문제집이 두 권 추가되었다. 삼학년이 되자 첫 시간부터 교과서는 건너뛴다고 했다. 그러면 왜 사느냐고 투덜대자 어느 선생 할 것 없이 수능 때문이라고 했다. 교과서를 보고 있을 시간적 여유가 없다니 그러려니 수긍할 수밖에 없었다. 다만 그때마다 돈이 문제였다. 간신히 끌어대는 것도 한두 번이지 스트레스가 이만저만이 아니다. 연우의 마음은 갈수록 초조해져 짜증만 는다. 급식소로 향하는 발걸음도 천근만근이다.

"아, 향기 좋다. 이게 밤에 피는 장미라는 거지? 어! 아직 밤은 아닌가?"

언제 다가왔는지 창미가 연우의 팔짱을 끼며 말한다. 제멋대로 떠들고 행동하는 애답다. 그래도 밉지는 않다. 언제나처럼 연우는 피식 웃고 만다.

"저기 초딩이지? 궁상맞게 또 혼자야."

창미가 저만치 앞서 가는 신혜를 가리키며 말한다. 덩치가 한참 작고 행동도 굼떠 아무도 상대해주지 않는 애다.

"혼자가 뭐 어때서? 나는 솔직히 화장실까지 우르르 몰려다니는 애들, 이해 안 되더라."

"꼭 그렇게 삐딱하게 말해야 속이 시원하나? 이연우답다. 그리고 어떻게 화장실 같이 가는 것하고 쟤랑 비교하냐. 그건 여고생 문화지. ……아무튼 재수 없어."

"천사표 전교 부회장이 그런 말씀을 하시면 되냐?"

"이미지 관리상 남들 앞에서야 안 하지. 근데 쟤를 보면 이상하게 기분이 나빠."

안녕, 선배님 안녕하세요, 어머, 언니…… 여기저기서 인사가 터진다. 모두 창미를 향해서이다. 창미는 무슨 연예인이라도 된 듯 환하게 웃으며 일일이 화답한다. 흥, 유세 떠는 것도 가지가지라더니 은근히 속을 긁는단 말이야. 연우는 짜증을 삼키며 새삼스런 눈으로 창미를 본다. 덧니를 정리하고 치열을 고른다고 이 년 만에 교정을 풀었는데, 아무리 점수를 깎으며 봐도, 엄청나게 예뻐졌다. 희고 가지런해진 이가 웃음을 돋보이게 했다. 턱 선과 안면 근육도 보기 좋게 살아나 마법에서 풀려난 공주 같았다. 육백만 원의 위력이다.

"예뻐 보인다. 교정하기 잘했어."

"그치, 그치. 교정 하나에도 이렇게 달라 보이니 성형수술하는 마음을 알겠더라고."

연우는 자기 얼굴을 쓰윽 만져본다. 광대뼈가 잡힌다. 매력적이라고 말하는 창미 같은 애도 있지만 연우 스스로는 콤플렉스라고 생각한다. 내 주제에 무슨 성형…… 입을 비죽이다가 연우는 재바르게 걸음을 뗀다.

"아참, 너 돈 냈나? 아까 혜영이가 받으러 왔던데."

지난겨울에 시작한, 소위 명품 계를 두고 하는 말이다. 집안 형편이 넉넉지 못한 애들끼리 흔히들 하는 일이다. 연우는 첫 달에 제비를 뽑아 오래전부터 갖고 싶었던 가방을 샀다. 이십만 원에 육박하는 돈이 아깝지 않았다. 한 교실만 하더라도 똑같은 게 여러 개지만, 오직 자신에게만 어울려 보였다. 드디어 명품 대열에 끼었구나 싶어 뿌듯하고 자랑스러웠다. 나머지 돈으로는 벼르던 휴대전화를 구입했다. 문제는 그 다음 달부터였다. 매달 사만 원을 구하는 게 예삿일이 아니었다. 처음엔 간신히 막았으나 나중에는 몇만 원씩 모자라서 창미에게 빌리곤 했다.

"……돈 ……없어?"

창미가 조심스럽게 물어온다.

"아, 아니야. 만나면 줘야지."

"그래, 그나저나 앞으로는 네가 귀찮게 됐다. 벌금 말이야. 부반장이라고 일을 맡았으니……"

"다 반이 잘되자고 결정한 일인데 어쩌겠어. 나더러 하라니 할수 없고."

"우리 담임, 머리가 정말 비상하단 말이야. 그렇지 않냐?"

창미가 동의를 구하는 듯 눈을 반짝이며 말을 잇는다.

"이런 분위기로는 모두 망한다느니 하면서 문제만 던지고 해결책은 회의에 부치는 거 봐라. 앞으로 벌금 개기면 틀림없이 이러겠지. 여러분이 스스로 결정한 일이니 여러분이 책임지세요……"

"하하, 똑같다, 똑같아."

"너에게 일을 맡기는 것도 그래. 사실 돈 걷는 건 총무가 하는 일이잖아. 그런데 너쯤 돼야 애들에게 먹힐 거라 판단하는 거지. …… 똑똑하단 말이야."

"달리 베테랑이라 하겠니? 어찌 됐건 돈이 아까워서라도 착실해지면 좋지. 학급비 쌓이는 것도 나쁘지 않고. 우리 담임, 작년에는 수능 치고 삼겹살 파티 했다잖아."

"결국 내는 사람만 계속 내게 될걸. 다른 애들은 공짜 돈 쓸 일만 생각할 거고. 그나저나 앞으로 야자 째고 싶을 땐 미리 오천 원 내면 되는 거냐?"

"호호, 돈 많으면 그렇게 하든지."

급식소 안으로 들어서자 뜨뜻미지근한 공기가 코에 거슬린다. 밥 냄새, 반찬 냄새가 뒤섞여 엉망진창이다. 창미는 보라는 듯 우웩, 토하는 시늉을 한다. 그래 봤자 영양사는 눈 하나 깜짝이지 않는다. 연우는 창미를 끌고 재빨리 배식 줄에 선다. 냄새와 달리 밥맛은 나쁘지 않을 것이다. 그런데다 조만간 저녁 급식을 신청할 수 없을지도 모른다. 그때는 도시락을 가져 와야 하나, 싸줄 사람이 있기나 하나, 연우는 다시 한숨을 내쉰다. 그러자니 창미의 트집이 배부른 소리 같기만 하다. 창미는 밥을 먹는 중에도 맛없다는 소리를 멈추지 않는다. 학생회에 건의사항만 올릴 게 아니라 대책이 있어야 한다며 소리를 높인다. 연우는 기계적으로 수저만 놀린다.

교실로 올라와서도 창미는 계속 떠들어댄다. 연우는 빨리 이동할 요량으로 급하게 책을 챙긴다.

"벌써 가려고? 정독실은 의자도 듀얼백 인체공학 디자인이라면서?"

창미가 배배 꼬는 말투로 쏘아붙인다. 정독실에서 하는 야간자율학습을 두고 하는 말이다. 그 장소는 성적순으로 삼십 명만 공부하는 곳이다.

"같은 등록금 내고 이거 너무하는 거 아니니?"

"질투 나면 잘하든지…… 나는 어디에서 공부하나 상관없어. 가라니까 가는 거야."

"기집애, 좋으면 좋다고 하시지. 근데 오늘은 특별수업 한다지 않았어? 수학? 영어?"

"논술. 시간이 좀 남으니까 정독실 들렀다 가려고."

"흥, 논술까지 공짜란 말이지. 그래, 그래야지. 열심히 시켜서 학교 얼굴마담 만들어야지."

창미는 입술을 비죽거리면서도 길을 터준다. 하고 싶은 말은 모두 내뱉지만 친구 공부는 방해하지 않는 창미답다.

"심화학습실이라 그랬지? 쉬는 시간에 갈게. 이온음료 사 갈까?"

창미의 말을 뒤로 한 채 연우는 교실을 나선다.

선생이 칠판에 김민숙,이라고 쓴다. 촌스런 이름에 수더분한 옷차림이라니, 한마디로 호감이 안 가는 스타일인데 첫인사부터 비꼬는 말투다.

"성적으로 뽑힌 자랑스러운 얼굴들이란 말이지. 특별지원금으로 이루어지는 특별수업이라…… 취지가 좀 구리긴 하지만 이왕 이렇게 모인 거, 열심히 하자."

특별반, 특별실, 특별수업…… 올해 들어서 지겹도록 들어오는 말이다. 기업체가 후원한다고도 하고 교육부가 예산을 내려준다고도 하는데, 상위권 학생들을 전격 지원하는 프로그램이라 했다. ……내비게이션이라고 생각하면 돼. 학년부장의 말이 아직도 귀에 쟁쟁하다. 너희들은 내가 안내하는 대로 따라만 오란 말이야. 그러면 너희들 미래가 쫙 열리고 학교 명예도 올라가는 거지. 내비,라는 말에 쿡쿡 웃음이 터지기도 했지만 그 순간 학생들 눈은 빛났다. 연우도 마찬가지였다. 학원에 버금가는 수업을 공짜로 해주겠다니, 일이 학년 때부터 혜택을 받는 후배들이 부러울 지경이었다. 특별반은 학교가 세팅한 내비를 따라, 방음시설과 조명장치가 완비된 정독실에서 자습을 하고 과목별로 특별수업을 받아왔다. 반 전체가 방과후학교 수업을, 그것도 수익자부담으로 받는 일반 학생들의 불만이 없을 리 없고, 교사들 사이에도 의견이 분분했다. 연우가 알 바는 아니었다. 학교가 요구하는 사람이 되면 될수록 인간적인 모습을 잃어가겠지만, 그게 엘리트의 길이다. 나약한 감상 따위에 흔들려서는 승자가 될 수 없다.

탁탁, 김민숙 선생이 교탁을 두드린다. 연우는 생각에서 빠져나오며 선생을 주목한다.

"자, 봐라. 여기 두 사람이 있다고 치자. 한 사람은 반지르르한 외모에다가 좋은 옷을 걸쳤어. 우선 보기에는 좋지. 하지만 시간이 조금만 지나 봐라. 말이나 행동이 부실하면 관계를 지속하고 싶지 않겠지. 또 다른 사람은 다소 어눌하고 촌스러워 보여. 하지만 말을 나눠볼수록 깊이가 있는 거야. 어쩐지 끌릴뿐더러 놓치고 싶지 않겠지. 글도 마찬가지야. 매끄럽게 빠진 글보다는 글쓴이의 진실과 깊이가 중요해. 지금 사방에서 논술, 논술 떠들고 있지만 내가 볼 때는 가장 중요한 게 빠졌어. 쓰는 기술? 그건 중요한 게 아니야. 무엇을 어떻게 생각하고 표현하느냐, 이게 관건이지."

저쪽 분단에서 누군가 질문을 한다. 연우가 볼 때는 선생의 말을 끊는 것도 이상하고, 아무렇지도 않게 받아들이는 선생도 이상하다.

"그래도 논술은 일반 글과 다르지 않습니까? 써본 적이 없어서 그런지 복잡하고 어려워요."

"좋은 질문이다. 그런데 논술이 그렇게 어렵니?"

그렇다는 반응이 이곳저곳에서 흘러나온다. 무심결에 연우도 고개를 끄덕이고 만다.

"아니야, 그렇지 않아. 너희들, 비문학 문제 잘 읽어내잖아. 음, 논술은 사고 과정이 비문학 독해의 역순이라고 생각하면 돼. 독자 입장에서 글쓴이 입장으로 이동하는 거지. 통합논술이라는 것, 사실 유형이 빤해. 요약하기, 비교 분석하기, 추론하고 비판하기……그걸로 끝이야."

말이야 쉽지. 그래, 그래서 도대체 어쩌란 말인가.

"내가 이렇게 얘기해도 아직은 감이 오지 않을 거다. 앞으로 묻고 답하다 보면 차차 나아지겠지. 마지막으로 한마디만 강조할게. 논술의 목표는 입시가 아니야. 여러분은 글을 읽고 쓰는 작업을 통해 자신과 주위 삶을 바라볼 줄 알아야 해. 그만큼 중요하고 엄숙한 일인 거지. 하하, 이렇게 얘기하니 인상을 구기는 학생이 있네. 입시가 급한데 무슨 소리냐는 것이겠지. ……좋아, 이쯤 하고 이제 수업 방식을 얘기할게. 일단 이십 차시 동안은 소설을 읽고, 토론하고, 글을 쓸 거야. 여러분이 만들어나가는 수업이 될 거야. 그러기 위해서……"

김민숙 선생은 네 명 혹은 세 명을 묶어 모둠을 만든다. 4모둠이 된 연우는 선생을 흘끔 보며 민정이 옆구리를 친다. 펼쳐놓은 연습장에 글을 적어 보인다.

—토론?

—저 샘 수업 스타일, 잘 가르친다고 소문난 분이야.

—헐, 잘할 거 같지 않은데.

—믿어야지, 선생님인데.

—지랄, 선생이 대학 보내주나?

—맞잖아. 아닌가?

연우가 어이없다는 듯 입을 비죽거린다. 민정이는 슬며시 웃고 만다.

"자, 다음 시간에 다룰 소설이다. 소설뿐 아니라 모든 글은, 거듭 읽는 게 제일 중요하다. 글 속에 모든 정보가 다 들어 있기 때문이지. 처음 읽을 때는 그냥 읽고 두번째는 마음에 와 닿거나 중요하다 싶은 문장에 검은색 밑줄을 그어라. 세번째 읽을 때는 붉은색 밑줄을 긋는다. 아무리 바빠도 세 번 읽기는 기본이다."

유치하게 색깔별로 밑줄이라니, 한가하게 토론이라니…… 연우는 아무래도 석연치 않다. 당장 그만두고 싶다. 하지만 그럴 수 없다. 이미 돌고 도는 컨베이어 벨트 위에 오른 몸이지 않은가.

밤 열시, 연우는 하교 행렬에 섞여 교문을 나선다. 한 시간 한 시간은 더디 흐르는데 하루는 금방 지나간다. 이러다가 불현듯 수능도 다가오겠지, 연우는 입술을 깨문다.

학원 차는 연우를 내려놓고 이내 꽁무니를 뺀다. 역시 명품은 달라, 기분이 좋아진단 말이야. 연우는 붉은 가방을 툭툭 두드린 다음 어깨에 멘다.

영어 단어를 되뇌고 있는데 큰 덩치가 우썩 다가와 연우와 걸음을 맞춘다.

"뭐야? 놀랐잖아."

"불러도 모르더니만 뭐."

하모니카가 먼저 눈에 들어온다. 아버지, 오빠에 이어 동우 차지가 된 물건이다. 한동안 엉터리 음을 삑삑거리더니 요즘 와서는 동요 가락이 제법이다. 그 노력으로 공부나 좀 하지…… 연우는 콧방울을 벌렁거리며 동우를 올려다본다. 속에 두둑한 옷을 입은 것도 아닌데 교복이 꽉 낀다. 키 차이도 머리통 하나는 되겠다.

쌍둥이인데 이렇게 다를 수 있을까? 연우는 어릴 때부터 자신이 쌍둥이라는 게 마땅찮았다. 하물며 그 쌍둥이가 공부는 뒷전인 채 껄렁패들끼리 음악을 합네, 합기도장을 다닙네 했으니 완전 꼴불견이었다. 친구나 선생들의 호기심 어린 눈길도 싫었다. 같은 학교를 다니던 초등학교와 중학교 시절, 연우는 칭찬이든 욕이든 둘을 묶는다는 것 자체가 싫었다. 통학 거리가 먼 여고로 희망한 이유도 그 굴레를 벗어나고 싶어서였다.

"그런데 웬일이야? 야자를 다 하고?"

"야, 말 마라. 부진아 교육인지 뭔지 내가 죽겠다 죽겠어. 수업도 싫은데 남아서 영어, 수학을 또 하란다. 담당이 담탱이일 건 또 뭐냐? 한 시간 빠지면 다음 날은 하루 종일 복도 신세야."

"칠월에 있을 일제고사 때문이라더라. 학교 서열이 쫙 매겨지니 준비를 하는 거지."

"그럼 뭐냐? 그놈의 학교를 위해서 되지도 않은 공부를 억지로 해야 한단 말이야?"

"성적이 오르면 우선 너부터 좋잖아. 윈윈이지."

"됐다. 너 같은 범생이와 무슨 말을 섞겠나? 그건 그렇고 한마디만 하자. 공부도 좋지만 약속은 지켜라. 빨래는 네 몫인 거 알지?

어제 교복 셔츠, 네 것까지 내가 다 빨았다."

동우가 볼멘소리를 한다.

"한밤중에 들어가 뭘 빨래까지 하란 말이야. 다른 집 고 삼은……"

"됐다, 됐어. 너만 고 삼이야? 하기야 갓난쟁이 때부터 항상 나는 뒷전이지. 오죽하면 할머니 집으로 보내졌을까?"

"또 그 소리? 피해의식 아냐?"

"그래, 맞다. 내가 피해의식이면 너도 그렇다. 그러니 힘들다 소리 하지 마라. ……학원 차는 왜 타냐? 은하교통 버스를 타지. 한집에 한 명씩은 공짜라잖아."

"기사 딸이라고 광고할 일 있니? 됐거든. 그리고 나 돈 안 내. 학원 장학생이라고."

"쳇, 그래, 잘났다. 말도 어쩜 그렇게 잘하나?"

"내 잘난 거 알고 있어. 보태줄 것 없으면 그만해라."

"지랄…… 암튼 빨래는 네가 해라. 아니면 나하고 바꿔서 청소를 하든지. 자꾸 개기면 확 엎어버릴 거다."

말이 많다 싶더니 결국 속을 헤집는다. 연우는 쌩하니 동우를 지나친다.

어머니 혼자 집을 지키고 있다. 아버지는 회사에 있는 모양이다. 차를 몰고 있는지 준법투쟁 중인지 모를 일이다. 아버지가 무엇을 하든 연우는 상관없다. 운전을 하든 구호를 외치든 돈만 벌어다주면 된다. 자식이 걱정 없이 공부하도록 밑거름이 되는 것, 그게 부모 노릇 아닌가 말이다.

오도카니 앉아 있는 어머니, 연우는 그만 맥이 풀린다. 어머니 손에 들려 있는 것은 보나마나 사진일 것이다. 아닌 게 아니라 식탁 위에도 여러 장 흩어져 있다. 연우는 달착지근한 술 냄새 때문에, 허구한 날 들여다보는 저 사진 때문에 화가 난다. 자식 잃은 다른 부모들은 어떻게 하고 사는지 알아보고 싶다. 세상에서 가장 불행한 여자라고 생각하면 위안이 되는지…… 슬픔과 고통이 도망가지 못하도록 주기적으로 울어줘야 하는지…… 정말 지긋지긋하다. 도무지 이해할 수 없다.

결국 돈 얘기는 꺼내지도 못하고 지칫거리기만 하다가 물러나고 만다. 연우는 방문을 세게 닫고 요란스레 책상에 앉는다. 그런데 오 분도 채 지나지 않아 밖이 소란스럽다.

"또 사고 친 거야?"

어머니의 날카로운 목소리가 방에까지 들린다. 연우는 방문을 살며시 열고 귀를 기울인다.

"담배…… 폈어."

"……못된 것만 배워 가지고. 네 형, 반만 따라가도 그럴 수 없다."

"에이 씨, 여기서 형이 왜 나와? 내가 못 죽어 불만인 거야?"

"이 자식이?"

"아, 그래. 그만하자고요. 학교? 안 와도 돼. 까짓 거 될 대로 되라지."

연우는 다시 짜증이 받친다. 단순 흡연이 아니라 필시 무슨 일이 생긴 게 분명하다. 어머니와 동우는 계속해서 말다툼이다. 연우는 방문을 열려다가 그만둔다. 도대체 이놈의 집은 조용하게 넘어가는 날이 없다. 대학 가는 발판이 되어주기는커녕 방해만 한다. 그렇다고 주저앉을 수는 없다. 내 삶의 주인은 오직 나, 어떤 상황도 핑계 삼지 않으리라. 연우는 입술을 깨물며 책을 편다.

5월 24일, 동우

등에 꽂히는 햇볕이 따갑다. 그래도 변기나 창틀을 닦는 것보다
낫다. 일어서는 순간 발끝에서 허벅지까지 쩌릿, 전기가 통한다. 옴
짝달싹할 수 없다. 동우는 손에 침을 묻혀 코를 문지른다. 그 모습
을 보고 진석이가 웃고 있다. 녀석은 몇 걸음 떨어진 태산목 그늘에
앉아 있다. 풀을 뽑는지 마는지, 내내 그 자리다. 생각할수록 얄미
운 놈이다. 두 번씩이나 녀석이 시작한 일 때문에 낭패를 보고 있
다. 그런데도 녀석은 오히려, 끼어들긴 왜 끼어드느냐는 말로, 동우
를 힐난했다. 흡연은 벌 청소로 끝내는 경우가 많은데 동우가 선생
열을 돋워 징계위원회에까지 회부되었다는 것이다. 뭐라고? 오해
말라고? 미안해서였다고? 너라는 인간을 친구라고…… 동우는 버
럭 소리를 지르며 쉴 새 없이 말했다. 그러자 진석이는 바로 꼬리를
내렸다.

어제 일을 떠올리며 동우는 피식 웃고 만다. 다시는 상대하지 않겠다며 쌩하니 돌아서놓고는 이렇게 같이 있으니 말이다.

그리고 그놈의 절차라는 것도 그렇다. 뭐가 그렇게 복잡한지 닷새나 지난 지금에 와서야 징계위원회가 열리고 있다. 그동안 개최 여부를 두고 선생들끼리 말이 많았다. 담임이 속한 단체가 반대하니까 학생지도부 측은 흡연 건은 물론 지도 불복을 "좌시하지 않겠다"고 했다. 학교의 고질병인 주도권 싸움의 재현이었다. 뜻하지 않게 빌미를 제공한 동우와 진석이는 그동안 화단에 버려진 채 풀만 뽑아야 했다. 선생들의 갈등 따위에는 아무 관심도 없다. 일부러 찾아와 K선생의 속을 뒤집어놓아서 통쾌했다는 애들도 달갑지 않았다. 어차피 입에 발린 소리들, 돌아서면 또 흰소리나 해댈 놈들이다. 그것보다 동우는 특별교육이든 퇴학이든 빨리 결정이 났으면 좋겠다. 화단을 거처로 삼는 미결수 상태는 싫다.

발이 어느 정도 풀리자 동우는 다시 쪼그려 앉는다. 늘어선 꽝꽝나무 사이의 풀을 잡아챈다. 꽝꽝이라니, 이름도 별스럽다. 하지만 이렇게 팻말을 꽂아두는 것은 괜찮아 보인다. 이름을 안다는 것은 관심의 시작인가. 동우는 꽝꽝나무라는 놈을 자세히 들여다본다. 군데군데 좁쌀만 한 꽃이 정교하게 달려 있다. 연둣빛 꽃에 앵앵거리는 벌도 보인다. 벌의 움직임을 눈으로 좇고 있자니 봄볕 속에 선 것처럼 머리가 몽롱해진다.

동우가 어릴 적, 어머니는 꽃 가꾸기를 즐겼다. 좁은 베란다에 갖가지 화분을 늘어놓고 물을 주거나 잎을 닦았다. 화분이 감당하지 못하는 나무는 통로 앞 화단에 내다 심었다. 온 식구가 아파트 옹벽 아래에 줄느런히 담쟁이를 심었던 때도 있었다. 얼마 안 있어 그 담쟁이는 벽을 꽉꽉 디디며 연둣빛에서 노란빛으로, 붉은빛에서 흙빛으로 계절의 변화를 담아냈다. 그 모습이 예뻐 보였는지 몇 년 뒤에는 주민들 모두가 나서서 담쟁이를 심기도 했다. 입주민의 숙원 사업이었던 방음벽이 설치된 직후였다.

"야, 정의의 사나이! 뭐 해? 빨리 나와."

문득 정신을 차리고 보니 담임이다. 진석이는 이미 화단 밖으로 튕겨 나가 있다. 동우는 꽝꽝나무에서 시선을 거두고 걸음을 옮긴다. 그 사이 다시 발이 저려 걸음을 디디기 힘들다. 합기도를 너무 쉬었나? 몸이 많이 굳었다.

"징계위를 막지는 못했지만 처벌 수위는 많이 낮췄다. 이동우, 사회봉사 일주일, 진석이는 교내봉사 일주일이다."

동우는 자기를 힐끔거리는 진석이의 시선을 느낀다. 같이 회부되었다가 저만 빠지다니…… 이번에는 또 어떤 "정상참작"이 있었을까. 미꾸라지 같은 놈, 동우의 얼굴에 쓴웃음이 걸린다.

"내 학생 중에 징계는 네놈이 처음이다. 담임 얼굴에 먹칠을 해요, 먹칠을…… 아니지, 네 담임은 따로 있지. 애면글면……"

"예?"

짚이는 게 있는 동우는 담임에게 반문한다.

"정의의 사나이는 몰라도 되네요."

담임이 농담처럼 받아넘기며 낄낄 웃는다. 하지만 동우는 담임이

구시렁거리는 말을 놓치지 않는다. 어쩌면 들으라고 하는 말일지도 모른다. 굼벵이도 구르는 재주는 있다더니 참 가관이다, 가관…… 동우는 중앙 현관 쪽으로 걸어가는 담임의 등을 노려본다. 언제부터 힘을 주고 있었는지 주먹이 다 아플 지경이다.

다음 주부터 사회봉사를 해야 할 곳은 '××양육원'이라 한다. 판에 박힌 훈계와 강도 높은 위협을 뒤로 하고 동우는 학생지도실을 나왔다. 복도 모퉁이를 돌아 도서실 앞에서 잠시 걸음을 멈춘다. 문이 열린 틈으로 최혜진 선생이 보인다. 지칫거리던 걸음을 떼어놓으려는 순간 선생이 고개를 든다.

"이동우! 잠깐 들어와."

괜히 어정거렸구나 싶으면서도 동우는 머리를 긁적이며 들어간다.

"퇴근 안 하세요?"

"보던 게 있어서…… 왜 그래? 뭔 일 있어?"

선생이 쳐다보자 동우는 마음이 무겁다.

"……저번 일, 죄송했어요. 동세 형 얘기 꺼낸 거요."

"에고, 내 속상했던 거 알아주면 됐다. 가뜩이나 예민한 구석을 쳤으니 너, 그때 좀 치사했어. 앞으로는 그러지 말자."

"……예. 아시는지 모르겠는데 저 ……사회봉사 먹었어요."

"풋, 그게 먹는 거야? ……바람 쐰다, 경험이다, 그렇게 생각하렴."

"……예, 그럼."

"벌써 가려고? 차 한잔하자. 아참, 여기 와봐. 네 아버지도 은하교통 아니셨나?"

동우는 고개를 숙여 컴퓨터 화면을 들여다본다. 선생의 머리칼에서 나는 향기가 동우의 코끝을 간질인다. 그녀는 검색창을 하나하나 열어가며 조곤조곤 설명을 덧붙인다.

"출근투쟁 오래 해봤자 회사가 꿈쩍이나 하나. 버스를 세우니 그제야 앗 뜨거라 하는 거지. 이것 봐. 오늘이 파업 닷새째야. ……문제는 얼마나 단결하느냐인데…… 넌 아버지에게 들은 얘기 없어?"

"아니요. 그런데……"

"응? 궁금한 거 있어?"

"……왜 저런 일에 관심을 가지시는 건지."

"여론이 궁금해 보는 거야. 너에게는 아버지고 나에게는 학부형이잖아. 따지고 보면 삼십만 시민 모두가 은하교통과 조금씩 관계가 있을걸? 그러니 이 도시에 큰일이 벌어진 거지. 여기 봐라, 파업에 동참하는 기사들이 점점 늘고 있어. 이왕 시작한 일, 확 밀어붙여야 할 텐데……"

선생은 눈을 반들거리며 말한다. 아예 신이 났다. 약간 민망해진 동우는 다시 화면을 바라본다. 수십 대의 버스가 서 있는 회사 안과 붉은 글씨가 덮여 있는 긴 담벼락이 보인다. 다음 장면은 피켓과 플래카드를 들고 선 남자들이다. 눈에 익은 근무복을 보는 순간 동우는 읍, 숨을 멈춘다. 얼굴이 제대로 구별되지는 않지만 그 속에 아버지가 있을 것만 같다.

"이걸 누가 찍어요?"

요량 없는 말이 툭 튀어나온다.

"몰라. 논조로 보면 노조 간부인 것 같긴 한데…… 아무리 자기 블로그지만 이렇게 실시간으로 올리는 걸 보면 성의가 대단해. 아, 그런데 아버지는 정규직이셔?"

동우는 순간적으로 얼굴이 달아오른다. 정규직이 뭔지, 아버지는 어디에 속하는지 모른다. '대무'에서 시작했다는 건 얼핏 들은 것 같지만 그게 뭔지 관심을 두지 않았다.

"그나저나 회사 일도 힘드실 텐데 너까지 이래서 기운이 빠지시겠다. 안색이 영 아니시던데."

"예?"

"징계위 때문에 다녀가셨잖아. 좀 전까지 계셨는데 넌 몰랐구나. ……상투적인 말이긴 하지만 이런 상황을 이해하고 아버지께 잘해 드려……"

도서실을 빠져나오는 동우의 걸음이 허청거린다. 파업, 월급, 투쟁, 노조, 정규직…… 여러 단어들이 동우의 머릿속을 헤집는다. 아버지를 중심으로 그 모든 단어들이 모여 있지만 동우는 아는 게 없다. 동우는 계단참에 버려진 음료수 깡통을 걸어찬다. 터엉텅, 복도를 울리는 깡통 소리가 길게 이어진다.

현관문은 열려 있는데 안이 캄캄하다. 동우는 휘파람을 멈추고 거실을 휘휘 둘러본다. 텔레비전과 화분 놓인 자리만 희끄무레 짐작될

뿐이다. 그 순간 동우의 등판으로 찬 기운이 흐른다. 섬뜩하다.

누구에게나 잊히지 않는 장면이 있을 것이다. 동우에게는 어느 초여름 밤이다. 그때는 이 집이 아니라 아파트에 살고 있었다. 그날따라 유난히 축구공이 잘 붙어 승점 골을 날리고 농구까지 한 판 벌였다. 휘파람을 불며 집으로 돌아왔는데 현관문이 저절로 밀렸다. 형광등을 켜자 허연 쪽지 한 장이 텔레비전 위에 놓여 있었다. 시립병원으로 빨리 온나. 꿈틀거리는 글씨가 마치 아버지의 다급한 외침 같았다. 정체 모를 두려움이 몰려왔다. 살갗에 돋는 소름을 쓸어내리며 동우는 밖으로 달려갔다. 그날 이후 동우는 형이 죽는 순간 자신은 그저 즐거웠다는 게 괴로웠다. 아무것도 모르는 채 웃고 떠들고만 있었던 자신이 그렇게 싫을 수 없었다.

물론 오늘은 즐거움 따위와 거리가 먼 날이었다. 징계가 떨어졌고 저녁마저 굶은 채 하릴없이 거리를 헤매고 다녔을 뿐이다. 그런데도 삽시간에 온몸이 서늘해진다. 동우는 재빨리 신발을 벗고 거실로 뛰어든다. 떨리는 손으로 그날처럼 전기 스위치를 누른다. 텔레비전부터 살핀다. 쪽지는 없다. 다행이다. 그런데 어둠 속에 누군가 있다. 동우는 화들짝 놀란다. 어머니다.

"왔냐?"

깊은 우물에서 금방 길어 올린 물같이 차고 무심한 음성이다. 와락 두려움이 몰려온다.

"뭐예요? 불도 안 켜놓고. ……술 마시는 거예요?"

아무리 좋게 봐주려고 해도 어머니의 변덕이 갈수록 심했다. 작은 일에 흥분하다가 이내 침울해지고, 하루 종일 수다스럽다가 며칠씩 입을 닫았다. 잠이 안 온다고 방과 거실을 부산히 오가다가 며칠씩 까라지기도 했다. 한밤중에 장롱의 옷을 있는 대로 꺼낼 때는 무섭기조차 했다.

"수면제보다는 낫지 않겠니? 앉아. 너도 이제 어른 아니냐. 술 담배 하는 거 다 알고 있다."

동우는 머뭇거리다가 어머니 맞은편에 앉는다. 할 얘기가 있는 건 아니다. 아니, 궁금한 게 있긴 하다. 동우는 소주를 한 잔 들이켠 다음 입을 연다.

"아버지 회사 데모하는 거 알아요?"

"흥, 알 게 뭐람. 그건 왜?"

"아버지는 정규직인가 해서요"

"정규직은 무슨, 대무 일 년이면 정식 만들어준다 해놓고 삼 년이 지나도 종무소식이다."

"뭐 그런 회사가 있어? 엄마는 화도 안 나요?"

"내가 열 낸다고 달라지나? 그 일 아니라도 서러운 일 많아…… 한 잔 더 해라."

어쿠, 어머니와 동우가 동시에 몸을 일으킨다. 어머니의 손에서 술병이 미끄러졌기 때문이다. 식탁 위로 술병이 한 바퀴 구른다. 거의 바닥을 보인 술이라 옷은 버리지 않았다. 동우가 마른 행주로 식탁을 닦는 동안 어머니는 다른 술병을 딴다.

세 잔을 거푸 비운 동우가 그제야 오늘 무슨 일이 있었냐고 묻는다.

"일은 무슨 일. 아니지, 매일매일이 고통이다. 웃을 일이 있나, 재미가 있나, 왜 사는지 모르겠어."

"식당 일이 힘드세요? 엄마 없으면 주방이 안 돌아간다 하더니만."

"그것도 옛말이야. 친구가 더 무섭더라. 봐주는 건 고사하고 간이 안 맞니 늦게 나오느니 아예 대놓고 구박이다. 그러니 내가 술을 마실 수밖에."

이래서 술, 저래서 술. 마시는 핑계도 가지가지다. 하지만 동우는 묵묵히 병을 기울여 어머니의 잔에 술을 채운다. 술을 들이켜던 어머니가 가슴을 움켜잡는다. 왜 그러냐고 묻자 갑자기 가슴이 아프다고 한다. 찢어지는 것 같다고도 한다. 그러면서도 어머니는 또 술을 마신다. 동우는 할 말을 잃고 멍하니 바라본다.

5월 25일, 연우

야간자율학습 일차시가 마치는 시각, 정독실 안으로 어김없이 창미가 들어온다. 열등감과 시기심으로 아예 이쪽은 쳐다보지도 않는 다른 애들에 비하면 배알 없어 보이기도 한다. 하지만 인기가 있는 창미다 보니 되레 반기는 분위기다. 연우는 자리에서 일어나 창미와 함께 복도로 나온다.

"아직까지 다리를 절뚝이네. 무릎은?"

쇼핑몰 계단에서 넘어졌다는 자리가 아직도 풀리지 않은 모양이다. 걸핏하면 반창고나 붕대를 붙이고 나타나긴 하지만 이번에는 꽤 오래 간다.

"속에 있는 말 담아두지 못하는 내 성질 알지? 나, 너한테 넘 섭섭하다."

연우는 음료수 뚜껑을 돌리다 말고 창미를 쳐다본다. 애가 또 왜 이러나 싶다. 생각을 오래 하고 할 말을 고르는 건 창미답지 않은데, 침묵이 꽤 길다.

"나는 네가 비밀로 해왔다는 게 더 서운하다. 너한테 내가 그 정도였니? 그래, 좋아. 그건 그렇다 치고, 언제부터 사귄 거야? 이미 보통 사이 아니던데?"

그 말에 놀라 음료수가 목에 걸렸다. 재채기와 함께 연우의 입 주위로 물방울들이 튄다. 급하게 몸을 뺐으나 옷은 버리고 말았다. 연우는 얼굴이 벌게지도록 기침을 한 다음에야 간신히 입을 연다.

"뭔 소리. 남자? 내가?"

"그렇게 시치미 뗄 거 없어. 누군지도 아는 걸. ○○고 밴드부 보컬 맞지? 작년 축제 때 첫눈에 꽂힌 마스크였는데 너랑 사귈 줄이야. 어제 네 어깨를 감싸고……"

그제야 연우의 머릿속이 환해진다. 하지만 사실을 밝히기는 꺼려진다.

"보컬은 무슨, 그때만 잠시 대타로 뛰었다더라. 노래는 쬐끔 하거든."

"얘가 벌써 편들고 있네. 남자에 눈이 멀어 베프 따위는 저리 가라 이거야?"

연우가 망설이자 창미는 더욱 핏대를 올린다. 이건 숫제 배신자를 대하는 태도다. 이쯤 되니 털어놓을 수밖에 없다. 일이나 감정을 질질 끄는 건 딱 질색이다.

연우는 최대한 간단하게 이야기한다. 이란성 쌍둥이라고 하니 창미의 눈이 튀어나오기 일보 직전이다. 어머, 어머 소리가 끊이지 않더니 아예 발까지 동동 구른다.

"연우야. 책 가져왔어. 바로 가자."

언제 왔는지 민정이가 둘 사이를 비집으며 상냥하게 말한다. 그러고 보니 논술 수업이 있는 날이다. 때맞추어 차임벨 소리도 들린다.

"범생이 아니랄까 봐. 야, 천사표, 너 먼저 가라."

창미가 인상을 구기자 민정이 연우를 흘깃 보고는 물러난다. 따라가려던 연우는 창미에게 다시 붙들리고 만다.

"수업 있어. 너도 교실로 가야지."

"안다, 알아. 근데 지금 김창미에게는 그게 중요한 게 아니다. 연우야, 나한테 소개시켜주라. 은혜는 잊지 않을게. 제발…… 그 남자, 딱 내 스타일이야."

연우는 말문이 탁 막힌다.

"야, 김창미, 정신 차려라. 남자는 무슨? 걔, 꼴통이야, 꼴통. 나랑 달라."

"내 좋으면 그만이지. 연우야, 다리 좀 놓아주라. 내가 집에 놀러 갈까? 아니면……"

"됐다. 소설 그만 쓰고. 늦었다. 빨리 뛰기나 하자."

연우가 저만치 달아나자 창미가 양팔을 머리 위에 올린 채 마구 흔들어댄다. 미친년…… 연우는 혼잣말을 하다 말고 피식 웃고 만다.

연우는 방금 나눠 받은 워크북을 넘겨본다. 사고하고 판단하는 힘 어쩌고저쩌고, 언어 능력 어쩌고저쩌고, 논술 어쩌고저쩌고 하는 머리말이 있고, '우리끼리 나누는 작품 이야기 1' '모두 함께 나누는 작품 이야기 1'이 한 페이지씩, '나만의 글쓰기 1'이 두 페이지에 걸쳐 있다. 그 다음은 숫자만 바뀔 뿐 똑같은 패턴이다. 그러니까 작품이 바뀌면서 이루어지는 토론 과정과 논술이 순서대로 담겨질 모양이다.

"수업은 읽기와 질문 이십 분, 토론 사십 분, 글쓰기 사십 분으로 배분하여 진행한다. 자, 이제 첫번째, 송병수의 소설, 「쑈리 킴」으로 넘어가자. 몇 번이나 읽었나?"

한 번이요. 두 번이요. 야한 부분만 다섯 번이요…… 킥킥대는 웃음이 낮게 퍼진다.

"똑같은 내용을 몇 번씩 읽어서 뭐 하냐고 생각할 수도 있겠다."

연우는 자기도 모르게 고개를 끄덕이곤 얼른 주위를 살핀다. 선생이 본 것 같지 않아 다행이다 싶으면서도 차라리 봤으면 하는 마음도 든다. 묘한 반발심이다.

"그런데 그게 그렇지가 않다. 작가와 평론가들이 하나같이 하는 말이고 나도 경험한 바인데, 소설은 읽을수록 의미가 새롭다. 모르던 사실을 알게 되고 숨어 있던 구조도 찾을 수 있게 되지. 보물찾기라 할까? 그래, 보물찾기처럼 재밌고 짜릿하다."

에이, 가벼운 야유 소리가 지나가고, 모두들 소설에 몰입한다. 연우 역시 글을 끄적거리며 흐르는 생각에 빠진다.

질문을 하라는 선생의 말이 떨어졌지만 아무 반응이 없다. 몇몇이 입을 달싹이려다가 포기해버리자 선생의 표정이 일그러진다.

"쑈리 킴이 하는 일이나 성격상 동요를 따라 부르는 장면이 이해가 안 되는데요?"

선생의 시선을 피했던 아이들이 일제히 연우를 바라본다. 연우는 브이 자를 그리며 웃어 보인다.

"좋은 질문이다. 쑈리 킴은 술 담배는 물론 성매매 알선도 하지. 그런데 한편으로는 동요를 따라 부르고 따링 누나에게 안겨 잠들기를 좋아한다. 따링 누나가 아플 때는 약부터 구해오지. 왜 그럴까? 무엇이 없어서? 아니면, 무엇을 추구하기 때문에?"

"……가족?"

침묵을 깨고 민정이 조심스럽게 대답한다. 애들 사이에서 탄성이 터지고 김민숙 선생은 바로 그거라며 반색한다. 홍? 가족? 혼자 살기도 힘든 판에 가족을 꿈꾼 거라고? 연우는 무의식적으로 코웃음을 치고 만다.

질의응답이 끝나자 다음 차례는 모둠별로 전체 내용을 아우를 만한 질문 거리를 만들기이다.

"자, 여기 네 개의 질문이 만들어졌다. 여러분이 보기에는 어떤 발문이 가장 그럴듯하나? ……그렇지. 눈에 보이니까 자기 모둠 것만 주장하기 어렵지? 그래, 나도 2모둠이 정한 '가정의 파괴가 개인에게 미치는 영향'을 주제로 삼고 싶다. 그런데, 논술문이 되어야 하고 소설 내용을 토대로 토론하고 글도 써야 하니까 이걸 살짝 고치자. '소설 내용을 참고해가며 가정의 파괴가 개인에게 미치는 영향을 밝힌 다음 그에 대한 자신의 생각을 서술하시오.' ……이제 모둠별로 토론하고 글은 각자 적는다. 문제가 두 개라는 건 알겠지? 자, 시작!"

　논술 수업을 마친 뒤 연우가 도착한 곳은 '승리학원'이다. 장 원장이 호출했기 때문이다. 연우는 이 학원을 다니면서 전교 일등을 한 적이 있다. 중학교 삼학년 첫 중간고사에서였다. 개원 두 달 만에 일어난 일이었는데 그 기회를 놓칠 장 원장이 아니었다. 그는 아파트 단지 길목마다 대형 현수막을 걸었다. 장 원장의 화술과 외모가 큰 몫을 했을 테지만 광고 효과도 기대 이상이었다. 전교 일등을 꿈꾸는 어머니와 아이들이 학원을 바꾸기 시작했다. 일 년 후 연우는 학원을 그만두겠다고 말했다. 장 원장은 학원비 없이 수학만 계속 수강하라 했고, 그게 지금까지 이어지고 있다. 다른 학원들도 비슷한 사례들이 있으니 장 원장만의 투자 전략은 아니었다.
　원장실 문을 열자마자 갇혀 있던 텔레비전 소리가 사방으로 흩어진다. 수십 대가 서 있는 회사 마당과 정문을 사이에 둔 몸싸움을 비춘 화면이 지나간다. 정문을 뚫으려는 남자들은 하나같이 붉은색 조끼를 입고 있다. 연우도 잘 아는 옷이다.
　"뉴스 보러 왔니? 자리에 앉아. 너도 파업에 관심 있어?"
　"……아니요. 그냥……"
　"개기면 다 되는 줄 알아. 일 안 하면 같이 망하자는 소리밖에 더 돼? 아, 아닌 말로 사장이 골프장 짓겠다 하면 그런 거지. 어디서 감 놓아라 배 놓아라야. 그렇지 않냐?"

동의를 구하는 장 원장의 말에 연우는 애매하게 미소 짓고 만다. 아버지를 생각하면 편하게 들을 수 있는 말이 아닌 것이다. 너부데데한 앵커가 다른 소식으로 넘어가자 장 원장은 텔레비전을 끈다.

"어디 아프니? 얼굴이 안됐다."

장 원장의 말을 들으며 연우는 입술을 깨문다.

"……무슨 일로……"

"성적이 왜 그런가 해서…… 나는 네가 먼저 상담해올 줄 알았다."

얼마 전 모의고사에서 십등 밖으로 내몰린 일을 두고 하는 말인 것 같다. 연우는 가슴을 쓸어내리며 조심스럽게 입을 뗀다.

"실수가 많았어요. ……죄송해요."

연우는 볼펜을 빙빙 돌리고 있는 장 원장의 손을 바라본다. 큰 덩치와 달리 희고 가느다란 손가락이다. 연우는 한숨을 쉬며 장 원장의 말을 기다린다. 학원비를 빼줄 수 없다는 말도 감수해야 할 것이다.

"가자. 고기라도 좀 먹여야겠다."

"예?"

"놀라긴. 늦었긴 해도 너나 나나 지금 아니면 시간이 안 나니 말이야. 일어나. 스테이크 맛있는 집 있어. 가자."

연우는 어리둥절한 채로 일어난다. 장 원장이 문을 잡고 한쪽으로 서자 연우는 그 틈으로 걸음을 떼어놓는다. 드라마 같은 데서 봤던 에스코트 장면 같다. 복도의 어둠이 연우를 삼킨다. 연우는 등을 쭉 펴며 상체를 반듯하게 세워 또박또박 걷는다. 머릿속으로 여러 생각들이 바쁘게 움직인다.

차 꽁무니가 시야를 벗어나자 연우는 두 손으로 얼굴을 싸안는다. 붉고 부드러운 와인 기운이 아직도 두 볼에 남아 있다. 천장이 높은 레스토랑은 우아했고, 연한 스테이크는 독특한 향이 났다. 격조가 높은 것은 장 원장의 중형차도 마찬가지여서 아버지의 차에 비할 바가 아니었다. 그 모든 게 연우가 그리던 세상이었다.

지나가는 바람이 몸을 간질인다. 연우는 대문을 빤히 보면서도 골목 끝에서 미적거린다. 기분이 묘하다. 좋으면서도 뭔가 찜찜하다. 순식간에 다가와 신발을 적시는 파도 같은 어떤 기운이 연우를 덮치는 기분이다.

집으로 들어가려는 순간, 문자 메시지 신호가 온다. 그 소리에 연우는 가슴이 뜨끔거린다. 그러고 보니 벌써 자정이 가까워오는데 집에 연락도 안 했다.

— 연애 시작했당!

창미다. 이건 또 뭔 말인가. 설마?

— 당근.

— 어떻게?

— 너네 집 앞에서, 우연을 가장한 필연으로. 크으.

— 실망했을 텐데.

── 무슨? 우리 집까지 바래다주고 방금 돌아갔어. 아! 벌써 보고 싶당.

── 미친년.

── 황홀한 밤이야. 사랑하는 친구여, 내일 마안나.

연우는 쓴웃음을 지으며 폴더를 덮는다. 도대체 모를 애다. 남자를 골라도 하필이면……

연우는 대문 열쇠를 꽂다 말고 멈춘다. 창미뿐 아니라 자꾸만 지 칫거리는 자신도 납득이 안 되긴 마찬가지다. 휴대전화를 꺼내 본다. 액정이 어둠을 뚫고 파란 빛을 쏜다. 연우는 집으로 들어가는 대신 실없이 골목을 왔다 갔다 한다. 한참 만에 폴더를 열고, 또 한참이 흐른 뒤에 문자판을 누른다. 글자 치는 소리가 귀를 울린다. 마른침을 삼키며 전송 버튼을 누른다. 지금쯤 수신자는 학원에 도착해 있을 것이다.

6월 1일, 동우

손잡이에 선뜻 손이 가지 않는다. 동우는 새삼스레 교무실 팻말을 바라본다. 부자 친척을 방문한 가난뱅이처럼 주눅이 든다. 동우는 숨을 크게 쉰 다음 교복 단추를 하나 푼다.

아무튼 김 선생 재주는 알아줘야 해. 뭘요, 다 운이죠. 동우가 다가오는 줄도 모르는 채 담임은 건너편 선생과 말을 나누고 있다. 동우는 약간의 거리를 두고 섰다. 시골 땅을 왜 사냐 싶었는데 그렇게 개발 바람이 불 줄 알았냐 말이지. 정보통이 있었던 거 아니야? 혹시 법조계에 있다던…… 아닙니다, 무슨 말씀을. 그랬다면 제가 그때 선생님께도 적극적으로 권했겠지요. 그래 말이야. 끼고야 싶었지만 돈이 있어야 말이지. 암튼 부자 되더라도 괄시는 마시게. 아이고 무슨 말씀을…… 담임 입이 귀에까지 걸렸다. 쳇, 동우가 잇새로 바람을 내보낸다.

50

"어, 너로구나. 김 선생! 정의의 사나이가 돌아왔네."

담임 건너편 선생이 동우를 쳐다보며 말한다. 동우는 무거운 걸음을 떼어 담임 앞에 선다.

"왔냐? 반성은 좀 했어?"

동우가 피식 웃자 담임도 따라 웃는다.

"이제 정신 차릴 때도 됐잖아. 좀 제대로 살자. 요즘 파업이 유행이라지만 그렇다고 인생을 파업할 수는 없잖아."

동우는 얼른 고개를 숙인다. 씰룩이는 눈썹을 들키기 싫다.

"우락부락한 힘을 믿는 치들이 있지. 아, 물론 네가 그렇다는 건 아니고. ……동우야, 내가 늘 하는 말 있지? 착하고 공손하게, 부드럽고 성실하게. 그러면 그 누구라도 함부로 대하지 못한다. 내 반에 들어와 인간된 애들, 네 선배 중에도 많았어. 이제 잘해보자. 응?"

"……예."

흥, 차라리 고슴도치더러 가시를 떼고 살라 하지. 하지만 동우는 늘 그래왔듯 진심과 다른 대답을 한다. 자리를 뜨려면 그 수밖에 없다.

"가 봐."

"예."

기다렸다는 듯이 동우는 돌아선다.

"아참, 이거 가져가라. 수학 부진아 수업한 거다. 다음 시간까지 다 풀어와라. 그리고 나갈 때는 인사를 해야지. 버릇없이 그게 뭐냐."

"……예."

머리칼이 올올 일어서는 기분이다. 엿 먹어라, 하고픈 말은 마음속에 붙들어 매고 동우는 목례를 한다.

삼층, 동편에서 세번째 교실, 일분단 끝자리. 근 보름 만에 돌아온 동우의 고정석이다. 담임이 변하지 않은 것처럼 학교와 교실도 그대로다. 하긴 동우도 일주일씩이나 '사회봉사'를 했지만 달라진 게 있는 것 같지 않다.

'××양육원'은 도시의 동쪽 외곽에 있었다. 언덕배기 아래로 다닥다닥 붙은 지붕들이 보이고 좁다란 골목들은 큰길로 이어져 있었다. 할머니 집에서 바라보는 풍경과 비슷했다. 차이가 있다면 한쪽으로 반듯한 길이 있어 승용차가 너끈히 올라올 수 있다는 정도였다. 명절이나 연말에 기관장들이 다니기 좋도록 닦았다는 말을 들었다. 동우는 그곳에서 날마다 똑같은 일을 했다. 사무소 직원에게 출석 체크를 받은 다음 원생들의 방을 쓸고 닦았다. 오후에는 목욕 도우미를 해야 했다. 갓난아기를 붙잡는 일이 그중 제일 땀나는 일이었다. 손아귀에서 아기의 뼈가 부러질 것만 같아 굉장히 조심스러웠다. 그래도 투명하고 환해지는 아기의 얼굴과 몸을 보는 건 낯선 경험이었다. 이런 아기를 버린 부모는 어떤 사람이었을까. 전혀 상관없는 사람들에 대한 호기심과 적의가 생기기도 했다.

진한 향기가 계속 코끝을 간질인다. 범인은 태산목이다. 동우 손바닥보다 더 큰 꽃은 송이마다 벌들을 거느리고 있다. 분명히 작년에도 꽃을 피웠을 것인데 올해 처음 보는 모습이다. 하기야 태산목이라는 이름도 풀 뽑기가 아니었으면 몰랐을 것이다. 그러고 보면 징계라는 것도 영 나쁜 것만은 아닌가 보다.

잠시 태산목에 빼앗겼던 동우의 시선은 이제 운동장 담장 너머로 향한다. 서편 운동장과 길 하나를 두고 나란히 서 있는 아파트, 십여 년 동안 동우가 살았던 그곳이 철거 작업에 들어갔다. 포클레인이 쉴 새 없이 드나들고, 땅을 울리는 소리가 동우네 교실까지 들렸다. 수업하는 선생마다 소음과 분진 때문에 난리지만 수업 내용에 관심이 없는 동우에게는 더할 나위 없는 눈요깃거리다. 방금도 오층짜리 건물의 한 귀퉁이가 내려앉더니 다른 쪽도 똑같이 부서졌다. 먼지까지 풀풀 날리니 마치 테러 현장이나 전쟁터를 보는 것 같다.

그런데 갈수록 기분이 묘해진다. 무너지는 집을 보고 있자니 갖가지 생각이 다 나는 것이다. 모래 장난하던 놀이터와 인라인스케이트를 타던 산책로, 큰길로 연결되던 개구멍과 형과 같이 썼던 방, 거실, 부엌과 욕실이 차례차례로 떠오른다. 뿐인가, 형 뒤를 줄레줄레 따라다녔던 바닷가도 생각난다. 여름이면 아버지는 식구를 이끌고 가까운 바다를 자주 찾았다. 아버지는 낚시를 하고 어머니는 고기를 굽거나 라면을 끓였다. 형을 따라 물속에서 살다시피 하던 동우는 갯바위로 다가가 할머니처럼 담치를 따기도 했다. 파도에 돌돌거리는 자갈무지 소리가 더 크게 들리는 밤이 오면 아버지는 하모니카를 꺼내 「등대지기」나 「오빠 생각」을 불다가 형에게 넘겨주었고, 형은 도도도, 레레레, 도레미 도레미, 서툴게 소리를 냈다.

과거란 항상 아름답게 추억되는 것일까? 참 좋았다는 생각이 든다. 그때는 아버지가 무능한 줄도 몰랐고 어머니가 신경질적인 줄도 몰랐다. 형의 사고는 더더구나 상상조차 못했던 일이었다. 그런데 정말 아버지는 무능한 것일까? 무능이란 게 뭘까? 동우는 판단이 서지 않았다. 관광버스를 할 때나 택시를 몰 때 아버지는 남들보다 덜 자고 더 많이 움직였다. 휴일은 없었고 여가 활동 따위도 생각할 수 없었다. 그렇다면 주어진 일을 열심히 하는 게 무능한 건가? 직원들 월급으로 외국에 집을 사는 건 유능이고?

바로 그 순간 이마에 따끔, 뭔가가 부딪힌다. 분필 조각이다. 애들의 킥킥거림도 들린다.

"정의의 사나이, 한글 몰라? 번호가 걸렸으면 읽는 시늉이라도 해얄 거 아냐? 앞으로 나왓!"

동우는 주위를 두리번거리며 천천히 일어난다. 그동안을 기다리지 못하는 K선생은 씩씩대며 교단에서 내려온다. 무슨 악연인지 학교로 돌아오자마자 또 걸렸다. 제기랄, 성질 하고는…… 동우는 튀어나오는 욕설을 입안에 가두며 눈을 감는다.

저만치 아버지 차가 보인다. 아직도 몇 년은 끄떡없다고 큰소리치지만 맥 빠지는 소리일 뿐이다. 동우는 저 차가 싫다. 어쩌면 차처럼 낡아가는 아버지가 싫은 것인지도 모르겠다. 언제부터인가 아버지는 작은 일에도 발끈하고 자주 앵돌아앉았다.

"전에는 빠릿빠릿하더니만…… 차를 봤으면 뛰어야지."

그러니까 아버지는 동우가 다른 곳으로 새지 못하게 잡으러 온 모양이다. 흥, 담임과 다를 바 없군. 동우는 입을 비죽인다. 튀어나오는 말이 고울 리 없다.

"혼자 가도 되는데 왜 오셨어요?"

"어떻게 가려고? 요즈음 그쪽으로 가는 노선버스가 다 빠졌어."

보름 넘게 이어지고 있는 버스 파업을 두고 하는 말이다.

"버스가 은하교통뿐인가요, 뭐."

"다른 회사들이 가만있니? 그쪽 노선 빼서 수익 노선에 다 밀어넣었지. 나쁜 놈들. 없는 놈들끼리 도울 생각을 못할망정 그런 짓거리나 하고."

"기사 아저씨들이야 회사가 시키니까……"

"바로 그게 잘못됐다는 거야. 도무지 의식이 없어. 남자는 말이다, 정의감 하나로도 몸을 던질 줄 알아야 하는 거야."

그래봤자 결국 돈 때문 아니냐고 말하려다 동우는 입을 닫는다. 대신에 어제 텔레비전에서 보았던 아버지를 떠올린다. 화면으로만 봐도 몸싸움이 대단했다. 회사 정문에서 손을 치켜들며 구호를 외치던 때와 달랐다. 법원 마당을 가득 채운 붉은 조끼들은 여러 겹으로 둘러싸인 전투경찰들과 맨몸으로 붙었다. 화면에 클로즈업된 사람은, 놀랍게도 아버지였다. 아버지가 휘두르는 것은 전경의 방패였다. 전경을 향해 내리찍는 팔은 망설임이 없었다.

"몸은 괜찮으세요?"

"어? 워낙 연세가 있으시……"

"아니, 아버지 말이에요. 어제……"

"너도 봤어? 매스컴이 대단하긴 하다. 오늘 내가 그 인사 받느라고 정신이 없을 지경이니."

"투사가 따로 없던데요."

동우는 다소 헐거워지는 기분으로 말한다.

"투사는 무슨…… 우리는 빈손인데 짜식들은 완전 무장에다가 욕까지 퍼붓더라고. 그래봤자 자식뻘인 놈들이 말야."

아버지 얼굴의 주름이 여러 겹으로 웃는다.

"파업은 언제까지 해요? 아버지는 정규직도 아니라면서요."

"그러니 더 열심히 싸워서 월급도 받고 정규직도 되어야지. 지도부에서 그렇게 약속했어. 이왕 시작한 거 사장이 무릎 꿇고 빌 때까지 가야지. ……그렇게 오래 끌진 않을 거다."

아버지는 텔레비전에서 보았던 것처럼 주먹을 불끈 쥐어 보인다. 하지만 어쩐지 미심쩍다. 동우라고 들은 얘기가 없는 게 아니기 때문이다.

"이, 이길 수 있을까요?"

"물론. 민노총 단체들도 나서주기로 했고 시민들도 호의적이니 너무 걱정 마라."

버스가 팍 줄어서 그런지 도로가 한산하다. 얼마 전까지도 다문다문 보였던 은하교통 버스는 이제 거의 찾을 수 없다. 신호등에 걸려 차가 멈춘다. 아버지는 사이드브레이크를 올리며 동우를 잠시 바라본다.

"그래도 물어봐주는 네가 제일 낫네. 엄마고 연우는 아예 관심이 없다. 누구 때문에 이러는 줄도 모르고……"

까칠하고 피곤에 전 얼굴이다. 승리를 확신하던 반들거리는 눈은 어디로 사라졌는지, 사람의 얼굴이 저렇게 간단히 바뀔 수 있는지 동우는 의아하다.

오래 이야기했다 싶은데 이제 겨우 할머니가 사는 동네를 지나가고 있다. 동우는 산 중턱 너머까지 빼곡한 집들을 쳐다본다. 일곱 살이 되도록 동우가 자란 곳, 싫어하는 곳이다. 가족에게 버림받았다는 생각이 들었기 때문이다. 스스로가 만든 피해의식이라는 걸 알면서도 어쩔 수 없었다. 그런데 싫어하면서도 배우고 거부하면서 익숙해진다고 했던가, 구부정한 계단이며 회칠한 시멘트벽, 고살고 살 이어지는 골목을 떠올리는 동우의 눈길이 그윽하다. 한 귀가 떨어진 고무 대야나 스티로폼 박스에 올망졸망 심긴 고추나 쑥갓도 자연스럽게 떠오른다. 할머니는 한 뙈기의 땅만 보여도 그 자리에 꽃이나 푸성귀를 심었다.

다 말라죽었겠다. 동우는 무심결에 혼잣말을 중얼거린다.

"응? 할머니 집 말이냐?"

저곳에서 태어나 결혼까지 했다는 아버지도 비슷한 생각을 했나 보다.

"웬걸, 며칠 전에 가봤더니 고추와 방울토마토가 제법 열렸어. 옆집 앞집에서 돌아가면서 물을 준다네. 자기 살림도 빠듯한 분들인데 고맙지, 뭐. 참, 이번 주말에는 청소 좀 하자. 퇴원하시기 전에 그거라도 해놓아야지."

그날이라면 편의점에 가야 하는 날이다. 진석이 소개로 또 다른 곳의 알바 면접을 보기로 했다. 물론 부모에게 허락 받은 바 없고 앞으로도 말할 생각은 없다. 동우는 학교에서 늦게까지 자율학습을 해야 한다며 못 가겠다고 한다. 그런 일은 왜 꼭 나냐고, 연우나 어머니는 뭐 하냐는, 덧붙이지 않아도 좋을 말까지 한다. 그 바람에 모처럼 좋았던 분위기가 싸늘하게 식어버린다.

각종 냄새가 뒤엉킨 병원에 들어서자마자 숨이 탁탁 막힌다. 환자복을 입은 할머니는 쭈글쭈글한 웃음을 온 얼굴에 담지만 동우는 슬그머니 손을 뺀다. 높은 곳에 달린 텔레비전에서 요란한 소리들이 쏟아진다. 태연히 음식을 삼키는 환자들, 낡은 자판기에서 뽑아든 커피를 마시는 보호자, 때 묻은 옷을 입고 드나드는 간호사…… 병균이 몸에 달라붙는 것만 같다. 동우는 웃옷이며 바짓가랑이를 턴다. 눈이 자꾸만 시계로 간다. 할머니의 질문은 느리고 가짓수도 많은데, 분침은 움직이는 기미가 없다.

이제 갈까, 아버지의 말이 지금처럼 힘 있게 들린 적이 있을까? 동우는 용수철처럼 일어나다가 할머니와 눈이 마주친다. 죄송하긴 하지만 잠시라도 있고 싶지 않다. 인사를 하고는 얼른 밖으로 나와 아버지를 기다린다.

집으로 같이 가자고 했으면 둘러대기 난처할 텐데 아버지가 먼저 회사로 간다고 한다. 다행이라 생각하며 동우는 바삐 걸어 소공원으로 간다. 약속 시간은 삼십 분이나 남아 있는데 창미는 이미 와 있다. 동우를 발견하자마자 온 얼굴이 웃는다.

"어떻게 나왔어? 야자 안 해?"

내뱉는 말이 퉁명스럽다. 행동거지나 말투는 감정보다 늦게 움직이는지, 창미에게는 아직도 뻣뻣하다.

"과외한다 그랬지. 하모니카 배우기로 했으니 영 틀린 말도 아니고."

창미는 제과점 마크가 찍힌 샌드위치와 캐러멜 마키아토를 내놓는 한편 며칠 동안의 안부를 묻는다. 은하교통 파업은 어떤지 어머니는 여전히 우울 모드인지 알바는 잘하고 있는지…… 전화로 소식을 전했건만 조목조목 밝히려 든다. 동우는 계집애처럼 내가 왜 이러나 싶으면서도 주섬주섬 대화에 응한다. 스스로 생각해도 많이 변했다. 나 같은 애를 왜 사귀느냐는 질문의 답을 들은 후부터였다. 너나 연우는 삐딱해. 가난하니 어쩔 수 없다고 지레 단언이지. 그런데 가진 게 많은 사람도 꼬이기는 마찬가지야. 오만하거나 욕심이 차서 진짜로 중요한 걸 몰라. 나는 말이야, 최소한 돈이나 성적으로 인간을 평가해서는 안 된다는 걸 알아. ……음, 그리고 난 말이야, 지금 세상은 뭔가 잘못되어 있다고 봐. 학교도 그렇고. 아, 그렇다고 포기하자는 얘기는 아니야. 오히려 더 열심히 살아야지. 어떤 모습인지는 모르지만 어쨌든 지금과 다른 세상을 만들어야 하니까 말이야. ……너는 네가 돈도 없고 공부도 못한다고 하지. 맞아. 하지만 너는 그런 것으로 현혹되지 않는 여친을 가진 거야. 그걸로 된거 아냐? ……어때? 나, 말 잘하지? 너는 좋겠다, 여친이 똑똑해서…… 마지막 말에 푸웃, 웃고 말았으나 그 순간부터 동우는 창미를 달리 보게 되었다.

"연우와는 화해했어?"

"화해고 뭐고도 없어. 안 보면 그만이다. 지 잘난 맛에 살겠지."

"그렇지 않아. 반에서 은근 따돌리는 쪽인데 집에서도……"

따돌림이라는 말이 나오자 동우의 태도가 변한다. 구체적으로 말해보라며 창미를 채근한다.

"네 말처럼 누가 좋아하겠어? 나같이 헤무른 애야 붙어 있지. 그래도 걱정 마. 내가 일당백 아니냐."

동우는 말이 없고 창미는 새로 산 하모니카를 꺼낸다.

"자자, 잊어. 잘 알잖아. 걔는 어떤 상황에서도 잘 살 애야. 하모니카 가르쳐줘."

창미가 바싹 붙어 앉으며 말한다. 윽, 동우는 놀라면서 살짝 몸을 뺀다.

"여기 첫자리가 도야. 도미솔은 이렇게 불어서 내고 레파라시는 빨아들이는 거야. 그러니까 라에서 시로 넘어갈 때만 조심하면 돼. 두 칸을 이동하면서 계속 빨아들여야 하니까."

창미는 동우를 따라 하모니카를 불어본다. 악기라면 이것저것 다 뤄본 경험이 있어선지 이내 음이 난다.

"어쭈, 제법인데? 정확하게 맞출 필요는 없어. 그렇게 백 번 하고 「오빠 생각」 같이 해보자."

"벌써 합주를 한단 말이지. 좋아, 입이 부르트도록 불지. 근데 그동안 넌 뭐 하냐?"

"너 보고 있으면 돼."

무심결에 뱉어놓고 동우는 아차, 한다. 창미의 눈자위가 커진다. 그 바람에 동우 얼굴이 울타리를 감고 오르는 장미 빛깔이 된다. 은은한 향기가 사방으로 퍼진다. 줄장미가 범인인지 김창미가 범인인지 모를 향기다.

6월 10일, 연우

"으윽, 또 피바다. 연우 네 것도 그러네, 잘 썼더니만."

민정이 연우의 워크북을 곁눈질하며 말한다. 그러잖아도 연우는 붉은 줄과 김민숙 선생의 글씨에 파묻힌 자신의 글을 망연히 바라보던 중이다. ······주어와 서술어가 안 맞음, 앞뒤 문장이 연결 안됨, 소설에 없는 내용임, 주인공이 어떻게 해결하는지 '찾아 쓰라'고 했음, 내용 파악이 아니라 너의 생각을 묻는 것임······ 처음 글에서 받았던 지적과 별반 다르지 않다. 기대했던 칭찬은 아니더라도 이건 너무한다 싶다. 연우는 정색하고 말한다.

"기죽이기 작전일 거야. 바싹 깎아내려야 자신이 올라간다고 생각하는 거지."

"웬 의심이 그렇게 많아. 아무렴 선생님이······"

"아이구, 답답해. 물컹이 같으니라고······ 선생이 우리 인생 책임져주니? 그래?"

"암튼 삐딱하기는…… 어찌 됐건 이걸 고쳐 써서 다음 수업 때 제출하란 말이지? 하루 만에?"

민정이 워크북을 흔들며 걱정스레 말하는데 때마침 시작을 알리는 차임벨 소리가 들린다.

"자, 주목, 주목! 아침에 예고했지? 회의 시작할게. 하던 일 멈춰줘."

반장이 탁자를 치며 HR시간을 환기한다. 삼학년 올라와서 내내 자습으로 대체되던 시간이지만 오늘만큼은 안건이 있다는 것이다. 들으나마나 며칠 동안 학교를 떠들썩하게 했던 신혜 문제일 것이다. 담임이 말을 꺼낸 그 순간에 결석 사실을 알게 된 애들이 많을 정도로 존재감이 없던 애였다.

사흘 전 아침, 조례시간이었다. 신혜가 아주 많이 아파…… 담임이 말을 멈추고 찬찬히 모두의 얼굴을 둘러보았다. 여러분의 힘이 필요해…… 침묵이 길어지자 책을 보던 애들도 하나둘씩 고개를 든다. 심상찮은 분위기에 얼떨떨해하며 주위를 둘러본다. 병문안이면 너도 가야겠다. 민정이 낮게 속삭인다. 내가 왜? 발끈하는 연우에게 부반장이잖아. 민정이 말한다. 덜떨어진 게 꼭 이럴 때…… 연우는 미간을 찌푸리며 앞을 노려본다. 사실 신혜는 전에도 뇌종양 수술을 받은 적이 있어. 아이들 틈에서 낮은 탄성들이 터진다.

아이들이 잠잠해지자 담임은 멈추었던 말을 다시 이었다. 칠 년 전이었어. 그 당시 몹시 어려운 수술이었지만 기적적으로 성공했

대. 그때 고생으로 몸이 여위고 행동이 굼뜨게 되었지만, 그 후로는 결석 한 번 없이 학교를 잘 다녔어. 그러다가 며칠 전에 속이 메스껍고 어지러워 병원에 갔다가 재발 사실을 알게 된 거지. 그래서 급히 수속을 밟아 수술까지 했어. 그런데…… 담임이 다시 말을 멈추자 여기저기서 말이 터졌다. 암이야? 죽어? 재수 없는 소리. 살 수 있는 거지요? 이미 울먹이는 애도 있다. 신혜를 쳐다만 봐도 기분 나쁘다던 창미의 눈가도 벌게져 있다. 더 지켜봐야 알겠지만 일단 고비는 넘겼다고 하는구나.

한숨 소리가 걷힐 때까지 기다리던 담임이 다시 주위를 환기시켰다. 그런데 신혜 집 사정이 몹시 어려워. 수술비는커녕 생활비도 없는 지경이야. 간호 때문에 어머니가 일마저 못하니 첩첩산중이지. 사정이 이러니 우리가 나서서…… 백혈병에 걸린 학우를 도웁시다, 이런 모금 활동 같은 거요? 담임 말을 잡아채며 창미가 흥분된 목소리를 냈다. 백혈병이 아니라 뇌종양이다, 연우가 병명을 정정했지만 아무도 웃지 않았다. 대신 여기저기서 돕자는 목소리가 터졌다. 고맙다…… 담임의 말끝이 살짝 떨렸다. 수술비만 하더라도 이미 수백만 원이 넘어. 나는 선생님들에게 도움을 청할 테니 여러분은 자기는 물론 부모님께도 잘 말씀드려주기 바란다. 다른 반은요? 누군가의 말에 창미가 벌떡 일어나며 주먹을 쥐었다. 당연히 해야지, 학생회가 나설 거야.

그때부터 일사천리였다. 교직원 친목회에서 백만 원을 내기로 결정한 것과 별도로 교장과 교감, 또 다른 선생들이 십만 원, 오만 원을 냈다는 소문이 돌기 시작하더니 삼십만 원을 낸 선생도 있다고 했다. 종교인은 아니지만 십일조 낸다는 마음이었다는 그 주인공이 김민숙 선생이라는 말도 있었고, 십만 원을 내려던 담임은 분위기상 다시 십만 원을 보냈다는 소식도 있었다. 학생들과 학부형의 반응도 놀랍긴 마찬가지였다. 비상금 오천 원을 내고 스스로 뿌듯해한 연우가 무색할 정도였다. 몇만 원씩 내는 애들이 많더니 다음 날 일부 학부형이 보내온 돈은 그 액수가 상상을 초월했다.

누가 보더라도 창미의 활약이 컸다. 학생회 소집은 물론 이반 저반 다니면서 어찌나 절실하게 호소하던지, 듣는 족족 지갑을 열게 된다고 했다. 신혜를 아는 것도 아니고 이름과 금액을 밝히는 일도 아니었다. 그런데도 돈은 우썩우썩 잘도 모였다. 하루 만에 오백여만 원이 모이자 교장이 방송 조례를 통해 칭찬을 아끼지 않았고, 수업시간마다 화제가 되었다. 그렇게 해서 사흘 만에 급기야 천만 원이 넘는 돈이 모이게 되었다. 처음에 모금을 제안한 담임을 비롯하여 모두에게 놀라운 일이었다. 아무도 예측하지 못했던 아름다운 경쟁이었고 훈훈한 인정, 착한 마음씨를 뛰어넘는 뜨거운 열기였다. 그러자 조심스럽게 과열 분위기를 걱정하는 사람도 있었다. 한국 사람의 냄비 근성으로 연결하기도 했는데, 연우의 생각도 그와 비슷했다.

"담임 선생님 말로 좀 전에 천이백만 원까지 모였……"

와와, 우우, 한꺼번에 박수가 터지는 바람에 반장은 말을 멈춘다. 연우로서는 상상조차 되지 않는 액수다. 아이들이 좀처럼 진정되지 않자 반장은 안건을 제시한 창미에게 발언권을 넘긴다며 내려간다. 단상에 오른 창미는 오늘 저녁에 일차분 성금을 전달하게 된다는 말로 서두를 연다. 일차분이라는 말에 연우는 미간을 찡그린다.

"이 일은 오래 떠벌릴 일은 아니야. 그래서 오늘 끝내려고 했어. 그런데 늦게 동참한 후배들이 시간을 좀더 달라고 애원하네. 이웃 학교에서도 돕겠다는 뜻을 전해왔어."

남학교 이름만 나와도 집단적으로 흥분하는 아이들의 감탄이 거의 비명에 가깝다.

"앞으로 이틀 동안 이차 모금을 하는데 우리가 한 번 더 나서자. 이미 몇몇 친구들에게 의견을 물어봤는데, 쉽게 동의를 해줘서 굉장히 고마웠어. 그래서 너희들 전체에게 다시 묻는 거야. ……우리 반 학급비 있잖아. 환경미화심사 일등해서 오만 원 받고……"

"과학달력 만들기도 오만 원……"

"그래. 이미 십만 원은 확보됐고, 벌금도 그동안 많이 모였을 거야……"

"그러니까 그걸 내자고?"

민정이 참지 못하고 창미의 말을 자른다. 수학 문제를 풀던 연우가 흠칫 놀라며 고개를 든다. 환한 미소를 띠고 있는 창미 얼굴이 칠판 가득 들어찬 것 같다. 연우는 눈을 감았다가 다시 뜬다. 아이들이 웅성거리는 소리가 연우 귀를 쟁쟁 울린다.

"안 돼."

연우는 무의식적으로 한마디 내뱉는다. 그런데 아이들의 시선이 예사롭지 않다. 좋은 일을 하자는데 왜 재를 뿌리냐는 질시의 눈길이다. 아니 아니, 내 말은…… 연우는 갑자기 막다른 골목에 몰린 심정이다. 창미 말을 반대하는 게 아니라 다른 생각 중에 튀어나온 거였어, 정말이야…… 연우는 말을 지어내야만 했다. 조금이라도 엇나가는 말을 할 수 없는, 토씨 하나만 실수해도 매도당하는, 흘러가는 분위기라는 게 있다. 지금이 바로 그런 때다. 제아무리 입바른 소리라 할지라도 자칫하다가는 피도 눈물도 없는 인간으로 전락될 수 있다.

사실 연우의 고민은 다른 곳에 있다. 누가 돕지 말자는 거냐? 돈이 문제지. 곗돈이다 전화요금이다 해서 삼십만 원이 넘는 벌금은 시나브로 다 써버렸고, 부상으로 받은 문화상품권도 이미 여러 장 축낸 상황이다. 학년말까지 가지고 있을 돈이니 아버지 회사 사정이 나아지면 그때 채워 넣으리라 생각해왔다. 그런데 이게 웬 날벼락인가. 당장 어디서 현금 삼십육만 원과 상품권 네 장을 구한단 말인가. 그것도 내일 아침까지.

정독실에 앉아 있어도 도무지 책에 집중할 수 없다. 자율학습이 시작되기 전 어머니와 아버지에게 전화를 걸어 분위기를 살폈으나 사십만 원은 상상에서조차 꺼낼 수 없는 액수였다. 용돈 십만 원에 부모 돈 오십만 원을 떡하니 내놓은 창미라면 도와줄 수 있을까? 연우는 휴대전화의 문자 메시지 창을 열고 한숨을 쉰다. 창미야, 사십만 원 빌려…… 액정을 바라보던 연우는 천천히 문자를 지운다.

그동안 학급비를 마음대로 써 온 것이 고스란히 드러나는데 아무리 창미라도, 아니 창미니까 더더욱 말하기 어렵다.

휴대전화를 쥔 손바닥에 땀이 밴다. 연우는 수학 문제집을 덮고 벌떡 일어선다. 건너편에 앉은 민정이가 입 모양으로 왜냐고 묻는다. 화장실이라도 가는 시늉을 해야 할 판, 연우는 긴 통로를 지나 복도로 나간다.

화장실까지 들어오게 된 연우는 개수대 앞에 선다. 물이 넘치는 줄도 모르고 기계적으로 손을 문지르고 있다. 만날 때마다 용돈을 주곤 하던 엄마 친구는 어떨까? 장사를 하는 분이니 어쩌면 빌려줄지도 몰라. 아니지, 요즘 엄마와 사이도 좋지 않은 것 같던데 큰돈을 선뜻? ……동우에게 말해볼까? 동우더러 적당히 둘러대게 해서 창미 돈을 빌리게 하는 거지. 그게 좋을 것 같다. 아니, 그 수밖에 없을 것 같다. 눈치 빠른 창미가 그냥 넘어갈까? 그래도 할 수 없지. 다른 길이 없어…… 연우는 심호흡을 크게 한 다음 휴대전화를 노려본다. 그런데 바로 그 순간 진동음이 울린다. 문자 메시지 신호다. 연우는 나쁜 짓하다 들킨 것처럼 화들짝 놀라며 뒤로 물러선다.

─공부 잘 돼?

어? 메시지 아래쪽에 장 원장의 이름이 뜬다. 그 순간 휴대전화의 진동 모드처럼 연우의 가슴이 자르르 떨린다. 뭐야? 진짜로 나를 마음에 두고…… 두근거리는 마음이 온몸으로 퍼지고, 크게 뜬 눈이 빛난다. 바닷가 드라이브는 입시 스트레스를 풀어주기 위한 게 아니었나? 그 스테이크는 공부를 위한 영양 보충용이 아니었나?

감정을 숨기기 위한 포장이었나? ……그렇다면? 연우는 세면대 앞을 왔다 갔다 하며 생각에 잠기다가 이윽고 걸음을 멈춘다. 거울을 쳐다보며 머리칼을 뒤로 넘긴다. 거울 속의 연우가 따라 한다. 연우는 동의를 구하듯 고개를 끄덕인다. 거울 속 연우가 고개를 끄덕이며 동의한다. 연우는 천천히 몸을 돌려 개수대에 기대선다. 이제 고민은 끝났다. 연우는 빠른 손길로 문자판을 두드린다.

─원장 쌤! 집중이 잘 안 돼요.

보내기 버튼을 누르는데 마른침이 같이 넘어간다. 반응을 보면 원장의 마음을 읽을 수 있을 것이다. 휴대전화를 쥔 손에 땀이 밴다. 삐이이, 왔다! 연우는 얼른 폴더를 연다.

─힘낼 일이 있어야겠네. 기분 전환 시켜줄까?

이런, 내 예측이 맞는다는 건가? 정말로 나를? 연우는 화들짝 놀라며 폴더를 덮었다가 주위를 살핀 다음 다시 문자 메시지를 본다. 좋으면서도 곤혹스럽고, 자랑스러우면서도 두렵다. 연우는 눈을 질끈 감았다가 다시 뜬다. 그래, 이 길밖에 방법이 없어!

─고민이 있어서요.

─공부하기도 바쁜 때에 고민이라니? 내가 해결할 수 있으면 좋겠는데.

드디어 길이 보인다. 얼굴이 화끈거리는 줄도 모르는 채 연우는 문자를 다시 친다.

─급하게 돈이 필요해요. 그런데 액수가 좀 커요, 40만 원.

전송 버튼을 누르는 손이 다다다 떨린다. 마른침 넘어가는 소리가 제 귀에 울릴 뿐 시간과 공간이 정지된 것 같다. 이윽고 다시 진동, 연우는 가슴을 쓸어내리며 폴더를 연다.

— 마치고 내 방으로 와라. 준비해두마.

다리에 힘이 풀린다. 주저앉을 것만 같다. 연우는 수도꼭지를 잡으며 몸을 지탱한다.

— 정말×정말 감사합니다♡ ♡ ♡

아, 안도의 한숨이 저절로 흐른다. 연우는 거울을 향해 다시 고개를 끄덕인다.

"형님, 같이 갑시다."

교문을 나서는 연우의 어깨에 창미가 팔을 두른다. 연우는 몸을 빼며 정색을 한다. 아무리 친한 친구라도 가족 가까이로 다가오는 건 싫다. 숨겨놓았던 치부가 드러나는 느낌이다.

"너, 자꾸 그럴래? 그 소리 그만하라고 했지?"

"그러면 아가씨라고 할까? 서방님 누나라고 대우해준 건데."

연우는 가슴을 턱턱 치면서 걸음을 빨리 뗀다. 그래도 창미는 여전히 싱글벙글이다. 도대체 동우의 어디가 좋은지, 아무리 친구라도 도무지 그 속을 모르겠다. 사랑에 논리가 어디 있냐는 창미의 말도 납득하기 어렵긴 매한가지다. 온 학급에, 제 말을 빌리자면, "서방님" 사진까지 다 돌렸다. 만날 때마다 윽박지르며 강다짐을 받고 있으나, 연우와의 관계도 언제 퍼뜨릴지 몰라 불안하기만 하다.

"너네 엄마는 모르시지? 난 참 이해가 안 된다. 네가 부족한 게 뭐가 있다고 이 시기에 남자 사귈 생각을 다 하니? 남자도 그래, 네 말대로 공부 못하는 게 한이라면 공부 잘하는 애를 물어야지."

"크으, 야, 이연우, 그래서 넌 학원 원장이냐?"

"뭐라고? 비밀이라고 그렇게 부탁했건만……."

"어? 진짜 뭐 있는 거 아니야? 숙맥처럼 굴지 말고 조심하라는 뜻에서 한 말인데."

숙맥이라는 말에 연우는 피식 웃음이 나왔다. 지금 돈 빌리러 학원으로 간다고 하면 창미는 어떻게 생각할까? 그런데 원장은 내게 왜 그렇게 잘해주는 거지? ……머리가 복잡해진다.

생각에 빠져 있느라고 못 들었나 보다. 연우는 재우치는 창미를 쳐다본다.

"오호, 이거 진짜 사랑에 빠진 거 아니야? 나랑 같이 택시 타자고 말했어. 너네 집 쪽으로 과외 가는 날이거든."

"됐어. 나는 학원차가 편해. 그런데 만난 김에 한번 물어보자. 너, 신혜 일에 왜 그렇게 적극적이냐? 걔 싫어했잖아."

연우는 오해 받을 일은 하지 말아야지 싶으면서도 며칠 동안 벼르던 질문을 하고 만다. 아닌 게 아니라 창미가 뜨악하게 연우를 건너본다.

"돕는 게 뭐가 잘못된 거야?"

"아니, 그건 아니고. 너무 열정적으로 하니까……."

"사람 살리는 일에도 이유가 있고 속셈 같은 게 있나? 신혜에게 그런 아픔이 있었다는 걸 알았으면 그렇게 막무가내로 미워하지도 않았겠지. 그동안 함부로 대한 게 너무 미안하더라."

"진심이냐?"

생각에 앞서 말이 불쑥 튀어나온다. 지금 내가 무슨 말을 한 거지? 창미는 물론 연우 스스로도 놀라고 만다.

"너, 정말 많이 꼬였구나."

"아니, 내 말은……"

"저기 너네 학원차다. 빨리 타라……"

창미는 급하게 말을 마친 뒤 횡단보도를 건넌다. 연우가 창미의 이름을 불렀지만 뒤돌아보지 않는다.

제 2 부

밤바다

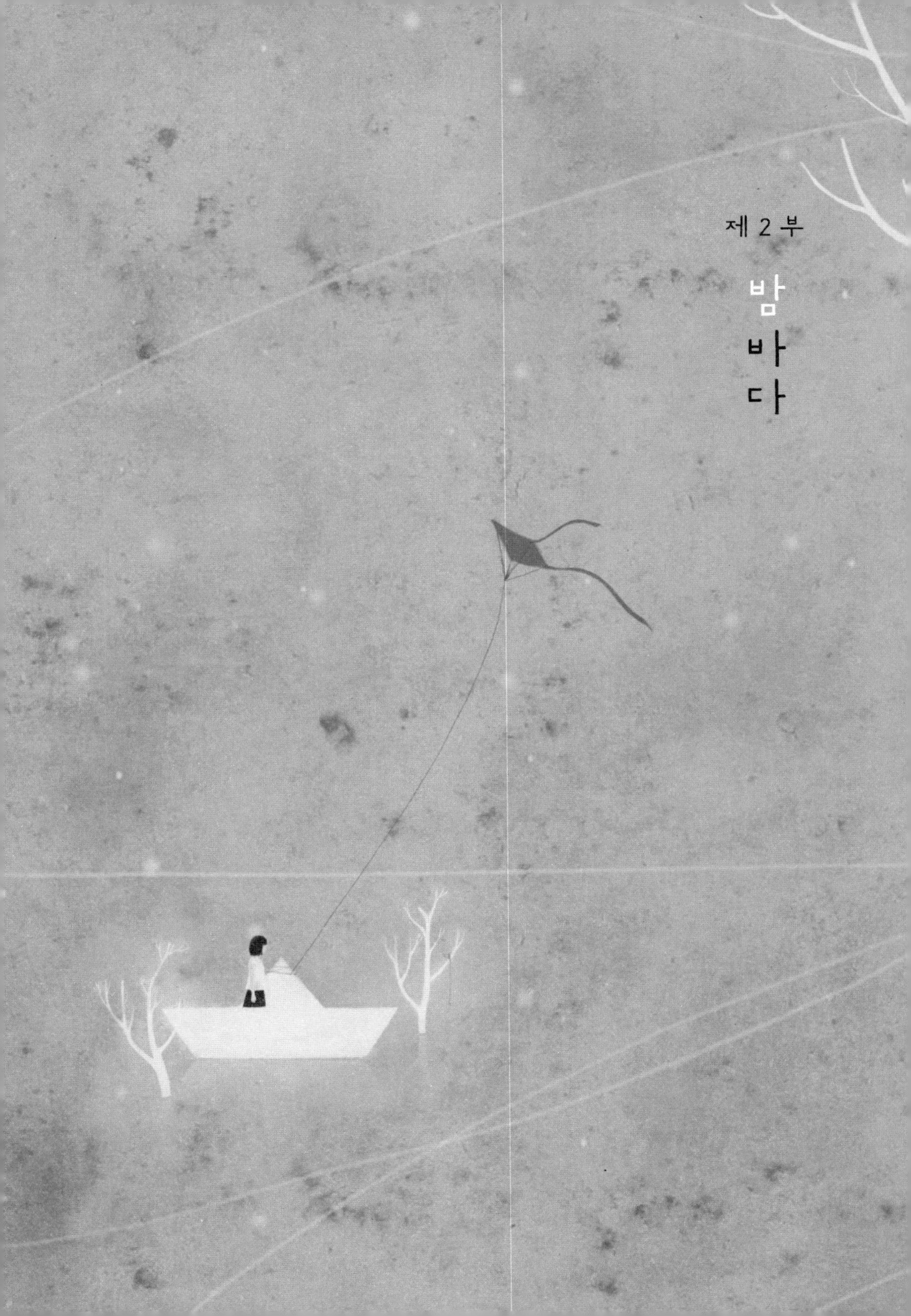

7월 4일, 어머니 명옥 씨

조용하다. 시끌벅적하던 간밤에 비하면 사위스러울 정도다. 도로를 꽉꽉 메우던 차들은 모두 어디로 갔을까? 한참 동안 서 있던 명옥 씨가 식당 쪽으로 몸을 돌린다. 출입문을 밀려는데 누군가 뒷덜미를 당긴다. 흠칫 놀라며 고개를 돌린다. 그런데 아무도 없다. 빈 도로와 주차장뿐이다. 명옥 씨는 주위를 돌아보며 팔에 돋은 소름을 쓸어내린다.

그새 새벽이 찾아온 모양이다. 명옥 씨는 다시금 주위를 휘휘 둘러보다가 안으로 들어선다. 조명이 너무 밝다. 뜨뜻미지근하고 누리치근한 냄새에 와자지껄한 소음도 한꺼번에 달려든다. 저절로 눈살이 찌푸려진다. 명옥 씨는 카운터 쪽을 피하며 주방으로 들어간다. 해장국을 내던 찬모가 눈을 흘긴다.

"어디 갔었어? 손님 닥친 줄도 모르고."

쪼르르 따라온 진숙이 짜증을 낸다.

"몰랐어. 화장실 갔다가 밖에…… 부르지 않고서."

"어디 있는 줄 알아서. 너 진짜……"

찬모가 슬그머니 빠져나간다. 사장의 역정을 눈치 챈 모양이다.

"해장술 손님 들어올 시간이라는 걸 알고 몸 뺀 거 아니야? 한두 번도 아니고 정말이지……"

숫제 죄인 대하듯 잡도리다. 명옥 씨는 발끈한다.

"야, 섭섭하게 무슨 말을 그렇게. 아무럼 내가……"

"네가 핏대 세울 일은 아니지. 그래, 무단결근도 모자라 걸핏하면 사라지는 거, 나를 납득시켜 봐. 국 맛도 들쑥날쑥, 기분도 들쑥날쑥, 네 눈치 보는 것도 하루 이틀이지, 이건 뭐……"

명옥 씨는 진숙을 올려다본다. 오랜 세월을 같이 지내온 친구 맞는가 싶다. 어떻게 나에게 이럴 수 있어, 하고픈 말은 많은데 와락 눈물부터 어린다.

"왜 대답을 못해? 어제 저녁부터 마신 술 얘기도 해볼까? 여기 일하는 식구들 다 안다. 정신 차려, 이것아. 섭섭하게 들리겠지만, 널 위해서 하는 말이야."

쏘아붙이는 말이 매섭다. 처음 듣는 말도 아니다. 반박할 말이 없으니 사장으로서 당연히 할 수 있는 말인지도 모른다. 그런데도 가슴이 콕콕 찔리고 숨이 가빠온다.

"주문이요. 콩 셋, 선지 둘, 소 하나."

음식을 나르던 김 양이 고개를 드민 채 외친다. 앞치마를 만지작거리고 있던 명옥 씨와 진숙의 눈이 마주친다.

"뭐 해? 일 안 할 거야?"

어느새 무심한 말투다. 진숙이 몸을 털며 밖으로 나간다. 하지만 명옥 씨는 여전히 섭섭하고 서럽다. 눈물이 나오려고 한다. 그래, 안 하면 그만이지, 이까짓 거……

"뚝배기 안 올려요?"

언제 들어왔는지 밑반찬을 담던 찬모가 말한다. 명옥 씨는 앞치마를 벗어 던지려다 말고 엉거주춤 일어나 국자를 든다.

새벽 해장국집은 몇 차에 걸친 술자리의 마지막 코스이기 십상이다. 오늘 든 손님들도 거의 그렇다. 마지막으로 들어와 방으로 들어간 팀은 아직도 흥이 남아 왁자지껄하다. 여기가 노래방인 줄 아나? 김 양이 음식 쟁반을 들며 입을 비죽거린다.

명옥 씨는 주방 쪽문 앞 의자에 앉아 있다. 정말 안 먹을 거야? 식당 식구들 속에서 진숙이 소리친다. 밤새 일하고 난 뒤끝인데도 입맛이 당기지 않는다. 명옥 씨는 고개를 내젓는다. 자아, 떠어나자, 동해 바다로오오. 노랫소리가 일순 커졌다가 잦아든다. 방문이 여닫히는 동안이었다. 명옥 씨는 사방을 두리번거리는 여자에게 화장실 방향을 가리킨다.

카운터 앞을 지나 계단을 올라가던 여자의 상체가 꺾인다. 음료수 공병 박스에 걸렸다. 그쪽으로 가려던 명옥 씨는 마침 방에서 나온 남자에게 손짓을 한다. 그 남자가 뛰어가 여자를 부축한다. 신

선생님, 괜찮으십니까? 그럼요. 에고, 마시지도 못하는 술을……
같이 따지자 하더니 비겁해요. 하기야 나도…… 술 아니면 못했겠
지. 그래도 내가 말문을 트면 실장님이 거들 줄 알았는데…… 뾰족
한 말과 달리 여자는 남자 품에 얼굴을 묻는다. 휘휘거리며 주위를
살피던 남자가 화장실 안으로 여자를 이끈다. 그 모든 걸 무심히 보
고 있던 명옥 씨는 방금 사라진 장면을 다시 떠올려본다. 어찌된 셈
인지 아무것도 생각나지 않는다. 요즘 들어 증세가 더 심해지는 것
같다.

  젊은 남녀가 화장실에서 함께 나온다. 여자의 얼굴이 해쓱하다.
남자가 명옥 씨를 향해 휴지 좀 달라고 한다. 명옥 씨는 자리에서
일어나다가 현기증을 느낀다. 눈앞이 새까맣다. 몸까지 휘청거린
다. 간신히 뒤쪽 선반에 놓인 휴지를 건넨다.

  다시 의자에 앉은 명옥 씨의 눈에 구석진 테이블이 들어온다. 덩
치 큰 남자가 앉아 있기 때문이다. 새 손님은 아닐 테니 방에 든 패
거리인 모양이다. 밤을 새웠을 텐데도 구김이 가지 않은 와이셔츠
가 인상적이다. 일행에서 떨어진 사람들이 으레 하듯 남자 역시 휴
대전화를 꺼낸다. 액정의 푸르스름한 빛이 명옥 씨가 앉은 자리에
서도 보인다. 무심히 보고 있는데 호주머니에 든 명옥 씨의 휴대전
화가 부르르 떤다.

  ─어디? 왜 안 들어와요? 동우.

  동우에게 휴대전화가 있었나? 명옥 씨가 기억을 더듬는 중에 다
시 신호가 온다.

— 아버지도 외박이에요. 전화 요망.

아버지라는 단어에 명옥 씨의 마음이 앵돌아진다. 짜증이 확 받친다. 진동음이 다시 울린다. 답신을 보내려고 자판을 다문다문 치는 순간이었다.

— 이 문자를 보신 분은 연락주세요. 저는 아들입니다.

씩씩거리며 거실을 왔다 갔다 하고 있을 것이다. 한번 성질이 나면 좀처럼 수그러들지 못하는 아이니 틀림없다. 어떤 식으로든 끝장을 봐야 다른 일로 넘어갈 수 있으니 손해도 많이 본다. 하지만 연우에 비해 은근히 속이 깊고 마음 씀씀이가 따뜻한 아이다. 동우의 걱정은 보지 않아도 뻔했다. 독서실에서 돌아와 보니 집이 비었고, 연우는 그러거나 말거나 제 공부만 하고 있었을 게다. 혼자 애를 태우다가 나중에는 별별 상상까지 다하게 되었을 테지. 명옥 씨는 서둘러 문자판을 두드린다.

— 식당. 마치는 대로 들어갈게.

문자 메시지를 날리는 순간부터 답을 기다렸지만 신호가 오지 않는다. 너무 태연한 말투였을까? 불길한 생각들이 상상으로 끝나 되레 성질이 받쳤던 것일까? 어느 날처럼 주먹으로 벽을 치거나 전화기를 던져버리기라도? 여러 생각이 잔가지를 친다. 그러자 이제 명옥 씨가 초조해진다.

"원장님, 왜 밖으로 나와 계십니까? 호호, 애인에게 문자라도?"

화장실로 향하던 남자가 흰 와이셔츠를 발견하고는 말을 건다.

"이 시간에? 내가 그렇게 매너 없는 사람으로 보여? 그나저나 정

실장, 오늘 실망했어. 아까 신 선생 하는 얘기 들었지? 평소에 직원 단속을 어떻게 했기에 나가니 못 나가니 하냔 말이야. 내 이번 일만 잘 성사되면 분점 관리는 정 실장에게 맡기려고 했는데……"

"예? 저, 저에게요. 그렇게 생각하고 계신 줄 미처 몰랐습니다. 이거 참, ……원장님도 알다시피 회사원들은 노조라도 있다지만 우리 강사들은 파리 목숨이잖아요. 자리가 불안하니까 작은 소문에도 예민할 수밖에요. 그러니 우리들 입장도……"

"그러니 잘 다독여달라고 정 실장에게 특별히 부탁하는 거 아냐. 정 실장이 말하면 두어 달 정도는 다들 참아줄 거 같은데……"

"그럼요. 진작 그렇게 언질을 주셨다면…… 제가 눈치가 없습니다. 앞으로는……"

"섭섭지 않게 대우할 테니 도와줘. 선생들 눈치도 있고 하니 먼저 들어가. 나는 잠시……"

"표정이 좋지 않습니다. 무슨……"

"몰라도 돼. 그럴 일이 좀 있어."

딴에는 친근감의 표시였을 텐데 반응이 신경질적이다. 남자는 머리를 긁적이며 물러선다.

방문이 열린다. 드디어 모임이 끝난 모양이다. 열 명 남짓한 젊은 남녀들이 앞서거니 뒤서거니 우르르 나온다. 아직도 밥을 먹고 있는 진숙이 눈짓을 한다. 명옥 씨는 어지럼증을 느끼며 카운터로 옮긴다. 지갑을 꺼내는 사람은 밖에 앉아 있던 와이셔츠다. 가장 덩치가 크고 나이도 많아 보인다. 뒤를 따르던 남녀들이 서로 눈짓을 교

환하나 싶더니 실장이라는 남자가 앞으로 나선다. 원장님, 이건 저희들이 계산하겠습니다. 아니야, 여기까지 회식인데 그럴 거 없어. 날이 밝아오고 있습니다. 생신 선물이라고 생각하십시오. 선물은 어제 받았잖아. 아, 그건 전야제 행사였고요. 긴 머리 여자가 남자 팔을 끌어당기며 재치 있게 말한다. 술이 덜 깼는지 모두들 조금씩 비틀거린다. 명옥 씨는 비교적 말짱해 보이는, 실장이라는 사람의 신용카드를 받는다. 기계가 카드를 읽는 동안에도 시늉뿐인 실랑이가 몇 번 더 오간다. 그 와중에 명옥 씨는 예의 와이셔츠를 보다가 멈칫 놀란다. 만난 지 두어 해가 지났지만 눈썰미는 살아 있는 명옥 씨다. 승리학원의 원장, 머리칼을 쓸어 올리는 모습이 영락없다. 아까부터 낯익다 싶었던 게 다 까닭이 있었다. 이를 어째, 명옥 씨의 얼굴이 달아오른다. 저절로 자신의 입성이 살펴진다. 목둘레가 늘어난 티셔츠에 빛바랜 청바지, 학부형으로 나서기 부끄러운 차림새다. 원장은 다행히 명옥 씨를 알아보지 못하는 것 같다. 연우를 승리 장학생으로 키우겠다며 큰소리쳤던 사람이다. 하기야 그런 식으로 식사 대접을 받았던 학부모가 어디 나뿐이랴. 명옥 씨는 가슴을 쓸어내리며 얼른 카운터를 떠난다.

앞치마를 벗고 밖으로 나오는데 진숙이 따라나선다. 아까는 미안했어. 직원들 보라고 일부러 소리 질렀다고 생각해. ……아니야. 내가 너한테 무슨 말을 하겠어. 신세진 것만 해도 갚을 길이 막막한데…… 됐다. 맘 풀어라. 밤새 고생 많았어. 집에 가서 푹 자. 아참, 너도 집회에 가겠네? 가족, 친척 총출동이라며 시내가 온통 그 이야기던데…… 그러고 보니 명옥 씨도 기억이 난다. 그날이 오늘이었던가? 몇 번이나 들었지만 잊고 있었다. 남편에게 화가 나 있는 상태라서 그랬을 것이다. 길어지면 전화해. 초저녁은 한산하니까 좀 늦게 와도 돼. 명옥 씨는 건성으로 고개만 끄덕인다.

명옥 씨는 버스 정류장에 선다. 멀리 고개를 빼고 있던 진숙이 시야에 들어온 택시를 향해 손을 흔든다. 버스 타면 돼. 명옥 씨가 만류했지만 들은 체 만 체다. 택시가 다가오는 동안 진숙이 명옥의 얼굴을 뚫어지게 바라본다. 새삼스럽게 왜? 진숙은 대답 대신 친구를 우악스레 잡는다. 명옥아, 서운해하지 말고 들어. 오늘이 동세 기일이라는 말 듣고 아차 했다. 그런데 있잖아, 이제 좀 빠져나와라. 평생 이러고 살 수는 없잖아. 연우와 동우는 자식 아니니? 동세 때문에 네 생활을 팽개치는…… 그, 그만해. 명옥 씨가 말을 끊는다. 두 눈에는 이미 눈물이 그렁그렁하다. 아니, 계속할란다. 다 생각하기 나름이야. 너는 이러는 게 자식 잃은 엄마 도리라 생각하겠지만, 세상천지 물어봐라…… 때마침 택시가 와서 다행이다. 명옥 씨는 진숙이 잡은 손을 뿌리치고 서둘러 차에 오른다. 진숙이 급히 지폐를 꺼내 택시 기사에게 건넨다.

물먹은 종잇장처럼 온몸이 좌석에 붙는다. 명옥 씨는 가죽 시트를 천천히 쓸며 조수석 앞쪽에 붙어 있는 가족사진을 바라본다. 그 아래 개인택시 면허증에는 빨간색 형광 테두리가 앙증맞게 쳐져 있다. 새 차 냄새다 싶더니…… 명옥 씨는 무심결에 미소를 짓는다.

이 순간을 기다렸다는 듯 룸미러를 쳐다보며 기사가 말한다. 흐흣, 보기 흉하지요. 떼고 싶어도 손을 못 대게 합니다. 아니에요. 좋은데요. 딸이 애교가 많군요. 명옥 씨는 브이 자를 그리며 부모 사이에 앉아 있는 사진 속 여자애를 쳐다보며 말한다. 딸? 아아, 아니에요. 집사람이 그랬어요. 긴 고생이 끝났다고 생각했나 봐요. 개인택시 모는 게 우리 부부의 꿈이었거든요. 예에. 명옥 씨는 고개를 계속 끄덕거린다. 말하지 않아도 잘 안다. 일반택시를 몰 때는 물론이거니와 학교버스, 관광버스, 시내버스로 전전해온 남편의 꿈도 한결같이 개인택시였다.

명옥 씨는 그 사이 완전히 밝아지는 거리를 바라본다. 다문다문 버스가 지나갔지만 은하교통 소속은 없다. 파업은 오십 일이 넘도록 끝날 줄을 몰랐다. 남편은 앞장서는 쪽인지 옷이 찢기고 다리를 절름거리기도 했다. 시민들로 구성된 공대위가 설립되고 노정 교섭이 계속 이어지고 있다지만 성과는 미비했다. 그래서 기획된 행사가 조합원 가족집회였다. 시들해지는 파업 분위기를 고조시키고 대시민·대언론 홍보로 활용하자는 것인데 가족들이 참여하는 문화 행사라 했다. 노래 경연이니 편지글 낭독이니 하는 말을 한참 전부터 들었으니 꽤 오래전부터 준비한 일인 듯싶다. 남편도 부쩍 신경을 쓰는 눈치였다. 간부 입장이라 아무도 나오지 않으면 곤란하다는 얘기를 들으라는 듯 중얼거렸다. 그래도 연우와 동우는 귀담아듣는 것 같지 않았다. 명옥 씨라고 다르지 않았다.

기사가 자기 얘기를 더 하고 싶은 눈치였으나 명옥 씨는 몸을 젖히고 눈을 감는다. 어지럽고 눈알이 빠질 듯이 아프다. 명옥 씨는 눈을 감는다.

멀리 사람들이 모여 있었다. 웅성거리는 소리, 비명 소리가 들렸다. 명옥 씨는 그쪽으로 달렸다. 다급한 마음과는 달리 걸음이 계속 꼬였다. 사람들 사이를 헤집은 그녀는 아스팔트에 흐르는 핏물을 보았다. 저만치 뒤집혀 있는 운동화를, 구겨진 채 뒹구는 웃옷을, 짙은 눈썹과 커다란 눈망울을, 아아, 인도와 차도에 걸쳐진 채 누워 있는 아들을 보았다. 동, 동세야…… 이름도 비명도 입 밖으로 나오지 않았다. 굳어버린 아들의 몸 위로 털썩, 무너질 뿐이었다. 팔 다리가 제멋대로구먼. 쯔쯧, 피를 너무 많이 흘렸어. 일찍 병원으로만 데려갔어도 살렸을 텐데…… 저 지경으로 해놓고 도망친 놈들, 다리 뻗고 자겠나? 이거 참, 잡긴 잡아야 하는데 목격자도 없고…… 토막토막 들리던 경찰의 대화가 점점 멀어진다 싶던 순간 명옥 씨는 완전히 정신을 놓고 말았다.

손님, 여기서 우회전입니까? 룸미러를 통해 기사가 묻고 있다. 간신히 눈을 뜬 명옥 씨가 밖을 두리번거린다. 경찰도 동세도 사라지고 없다. 구경꾼들도 없다. 대신 익숙한 동네 건물이 보인다. 우회전 맞아요? 기사가 재우친다. 예에, 맞아요. 명옥 씨는 이마에 맺힌 땀을 닦으며 간신히 말한다.

—1972년에는 분단 이후 처음으로 남북공동성명이 발표되었고요, 베트남에 주둔했던 미군이 철수하기 시작한 것도 오늘, 무인 화성 탐사선인 패스파인더호가 화성에 착륙한 것도 1997년 오늘입니

다. 아, 라듐을 발견한 퀴리 부인이 사망한 날도 1934년 오늘……

라디오에 귀를 기울이고 있는데 택시가 선다. 명옥 씨는 선뜻 내
리지 못한 채 지칫거린다.

— ……이상, 오늘의 역사였습니다.

아나운서의 멘트가 끝나자 명옥 씨의 눈가가 대번 붉어진다. 기사
가 내주는 거스름돈을 떨리는 손으로 받는다. 어디 불편하십니까?
아니에요, 고맙습니다. 명옥 씨가 택시에서 내린다. 저만치 집이 보
였지만 걸음이 떼어지지 않는다. 대신 눈물이 후드득 떨어진다.

같은 날, 아버지 종술 씨

경찰서에 갇혔던 조합원들이 지난 밤 자정 무렵에 풀려났다. 남
겨진 조직국장은 업무방해죄를 초들어 검찰로 넘어간다고 했다. 종
술 씨를 비롯한 석방자들은 경찰서 앞에 모인 동지들의 환영을 받
았다. 노래를 부르고 구호를 외치며 시청 앞까지 왔고, 천막 농성장
으로 이동해 밤을 보냈다. 사장이 구속될 거라는 소문이 파다했다.
술잔과 웃음이 함께 돌았다. 개잠에서 깨 보니 아침이었다.

국밥 한 그릇을 비우고 돌아서는데 회의 소집이다. 모인 간부들
을 둘러보며 위원장이 민노총, 운송노련에서 보내온 소식부터 전한
다. 오늘 있을 가족문화제를 승리의 기폭제로 삼아달라는 내용이
다. 새삼스런 말도 아닌데 모두들 고개를 주억거린다. 뻔한 말을 하
달하는 단체나 좋다고 듣는 조직이나…… 종술 씨는 이해가 안 되
고 우습기조차 한다. 사장이 기사들 월급을 가로챘다, 들통 났는데

도 여전히 딴짓을 했다. 말이 통하지 않으니 돈 줄 때까지 버스를 세운다! 결국 그거 아닌가? 그 간단한 걸 두고 말들이 왜 그리 많은지, 민심의 향배니 대결 정국이 어떠니 할 때는 다들 어찌나 똑똑한지, 종술 씨가 적응하기 어려운 분위기였다. 싸워야 하는 에너지를 회의하면서 다 쓰는 것 같았다. 어쩌면 이 사람들은 파업보다는 수첩 들고 폼 잡는 일이 더 좋은 게 아닐까 하는 의심마저 들었다.

은하교통을 사랑하는 모임, 이라고 다들 아시지요? 위원장의 말에 이곳저곳에서 원색적인 욕설이 튀어나온다. 사측이 끝까지 합류하지 않은 운행자들을 엮어 만든 단체이니 이쪽에서야 당연한 반응이다. 그놈들도 오늘 집회 신고를 냈답니다. 우리가 모이는 시청 광장으로 저들도 모인답니다. 개놈의 새끼들, 오라고 해. 확 대갈통을…… 어디에 낯짝을 쳐들고…… 입을 확 찢어서…… 사방에서 다시 욕이 터진다. 진정하십시오. 저들은 경찰의 호위를 받을 것이고 우리는 맨몸 맨손입니다. 우리가 믿을 건 머릿수밖에 없습니다. 모두 모이도록, 사돈에 팔촌, 이웃사촌까지도 다 오라고 해주십시오…… 위원장의 목소리에 힘이 넘친다. 간부들은 큰 박수로 답한다. 노동 간부 석방하고 회사 간부 구속하라. 구속하라, 구속하라. 가족문화제 성공시켜 은사모 박살내자. 박살내자, 박살내자. 구호 제창이 우렁차다. 회의 마지막 순서인 「버스 노동자의 노래」 제창은 비장하기까지 하다.

간발의 차이로 놓쳤는데 같은 노선의 버스가 이내 들어온다. 은하교통 파업을 노려 증차시킨 게 틀림없다. 종술 씨는 씁쓸함을 느끼며 버스에 오른다. 교통카드를 대려는데 기사가 눈짓으로 그만두게 한다. 힘내라는 말도 한다. 조합원용 붉은 조끼를 보고 안 모양이다. 콧등이 시큰하다. 그래, 경쟁 회사의 증차가 기사들 생각이겠나, 그들이야 회사가 짜주는 대로 차만 모는 거지. 종술 씨는 고맙다는 뜻으로 고개를 숙인 다음 빈자리를 찾는다.

의자에 앉고 보니 남의 자리에 앉은 것처럼 불안하다. 운전석만 눈에 보인다. 빨리 저 자리로 돌아가고 싶다. 직업상 억지로 하는 일이라고 생각했던 운전이 이제는 그리울 지경이다. 이렇게까지 오래 운전대를 잡지 못할 줄이야, 종술 씨는 호주머니 속 장갑을 만지작거린다. 마음은 벌써 운전석에 가 있다. 잘 다린 근무복을 입고 희디흰 면장갑을 낀 채 가로수 그늘 아래를, 복잡한 시내를, 지저분한 공단을 달리는 중이다.

—파업 돌입. 전 차량은 지금 즉시 ××차고지로 입고할 것.

은하교통 모든 기사들이 받은 문자 메시지였다. 드디어 무슨 일이 생기나 싶어 마음이 움찔했지만 종술 씨는 차를 돌리지 않았다. 데모 자체를 싫어하는 데다 비정규직이라는 자신의 처지가 그랬다. 주어진 노선을 다 돌고 회사로 들어갔는데 분위기가 심상찮았다. 파업 조합원들은 버스가 나가지 못하도록 정문을 막았고, 운행하고자 하는 쪽은 억지로 차를 밀어붙였다. 그 사이에서 거칠게 몸이 부딪치고 쓰러지는 사람도 생겼다. 다음 날도 마찬가지였다. 평소 같으면 아무 일도 아니었을 문제로 기사들끼리 싸움이 붙었다. 종술 씨는 친하게 지내던 영팔 형님처럼 회사가 마련한 비상 차고지에 차를 대고, 회사가 정한 임시 노선대로 차를 몰았다. 하지만 눈앞에 벌어지는 싸움을 바라보는 심정이 편할 리 없었다. 매 순간마다 갈팡질팡했다. 바리케이드는 정문에만 있는 게 아니라 종술 씨 마음에, 은하교통 모든 기사들의 내면에 뜨겁게 드리워져 있었다.

종술 씨는 파업 열흘째에 동참 쪽으로 돌아섰다. 잘못했다, 골프장을 정리하여 월급을 정산하겠다던 사장이 그 와중에도 공금을 끌어대어 미국에 빌라를 구입한 사실을 알게 되면서부터였다. 고개를 조아리던 사장을 믿은 자신이 어리석었다. 협조하면 정규직으로 전환하겠다는 소문을 믿은 것도 잘못이었다. 노사동행, 그것은 완전 생쇼였다. 나를, 우리를 가지고 놀았구나 싶은 생각이 들자 운전대를 잡고 싶은 마음이 싹 가셨다. 가족의 생계를 짊어진 가장들에게 거짓말을 해대는 족속이라면 인간도 아니라는 생각이 들었다. 종술 씨는 뜻 맞는 대무 기사들과 함께 버스를 세웠다. 그러자 비상 노선이 금방 차질을 빚었다. 회사는 당혹해하고 파업 조합원 쪽은 힘이 실렸다. 그 순간만큼은 금방이라도 승리할 것 같은 분위기였다. 하지만 변화는 쉬이 찾아오지 않았다. 가두집회와 시청 앞 천막 농성이 지리멸렬 이어질 뿐이었다. 그 와중에도 차를 운행하고 있는 기사들에 대한 불만과 성토가 높아 갔다. 그쪽에 있을 때는 몰랐는데 종술 씨가 보기에도 그들이 최대의 걸림돌이었다. 버스가 움직이고 있는 한 회사를 완전히 밀어붙이기는 힘들었다.

종술 씨는 평소에 데면데면하게 지냈던 구칠호, 오일호와 친하게 되었다. 구칠이니 오일이니 하는 건 공통 번호 두 개를 뺀 번호판 숫자로, 기사들 사이에서 통용되는 별칭이었다. 버스 한 대를 책임지고 관리하는 정규직만 가질 수 있어, 종술 씨 같은 대무로서는 부러운 별명이었다. 그들은 종술 씨에게 같은 일을 하고도 처우가 달라 마음 아팠다며 이번 기회야말로 정규직으로 편입될 수 있는 좋은 기회라고 했다.

처음으로 동료애라는 것도 느껴보았다. 파업 동참 다음 날, '민주노총 기금 마련을 위한 일일 주점'이라는 긴 현수막이 걸려 있는 술집에서였다. 구칠과 오일은 자리를 잡자마자 이미 사두었다는, 액면가 만 원짜리의 티켓을 석 장씩 내밀었다. 눈치를 보니 조장 이상 간부들에게 강제 할당된 모양이었다. 오랜만에 마시는 공술은 이내 종술 씨 몸속에 고루고루 퍼졌다. 그동안 각을 세운 정신의 마디마디가 느슨해지고 말도 자분자분 흘러나왔다. 실례합니다라는 말과 함께 구칠호를 아는 사람, 오일호와 친구라는 사람들이 합석해도 그다지 불편하지 않았다. 그들은 주로 '공동대책위원회'가 막후에서 돕고 있는 '노정교섭' 이야기를 오래도록 했다. 분위기와 세에 밀리는 회사가 주식 전부를 노조에 양도할 수밖에 없을 것이라고, 그러면 우리가 승리한다고 호기롭게 말하며 술잔을 부딪쳤다. 자리가 한참 무르익자 오일호가 술 중에서 최고의 술이 뭔 줄 아요? 하고 물었다. 뜬금없는 그 말에 모두들 한마디씩 거들자 오일호는 종술이지, 종술. 바로 이 사람이오, 라고 말했다. 그러자 한꺼번에 터지는 웃음, 격의 없는 농담과 왁자한 말들이 공중으로 펄펄 날아다녔다. 그 기분에서였을까? 종술 씨도 박수로 장단을 맞추며 민중가요들을 떠듬떠듬 따라 불렀다. 이윽고 민노총 사람이 꽹과리를 들고 한 판 두드릴 때 종술 씨는 장구 앞에 시부저기 앉았다. 손으로 북편과 채편을 두드려보다가 못 이기는 듯이 궁굴채와 열채를 잡았다.

덩 덩 덩덕쿵덕 덩덕 쿵덕덕 덩덕쿵덕 덩더러러 덩더러러 덩덕쿵덕……

처음에는 몇 번 박자를 놓쳤으나 이내 꽹과리와 장단을 맞출 수 있게 되었다. 고등학교 동아리 활동 이후 처음 잡아보는데도 채와 손이 따로 놀지 않았다. 어릴 때 배운 자전거는 세월 지나도 몸이 기억한다더니 장구도 그런가 보았다. 상쇠와 눈을 맞추며 종술 씨는 점점 더 신이 났다. 머리가 저절로 흔들렸다. 소용돌이 속으로 쑥 빨려 들어가듯 빠르게 가락을 탔다. 궁굴채가 북편과 채편을 빠르게 오가는 마무리는 예전만큼 되지 않았다. 하지만 정신없이 휘몰아치고 나니 막혔던 가슴이 뚫리듯 후련했다. 사실 그동안 꽹과리나 징을 망연히 바라볼 때가 많았다. 가락을 모르는 데모꾼들이 동원용으로만 때려대는 사물들이 안타까웠다. 민노총 풍물패가 공연할 때는 공연히 가슴이 벌렁거려 넋을 놓기도 했다. 그러다가 술에 취해 자신도 모르게 장구 앞에 앉고 말았던 것이다.

그 후 시위를 할 때마다 종술 씨 손에 북이나 꽹과리가 들리게 되었다. 악기가 좋았을 뿐인데 어느새 선동대원의 자리에 섰고 자연스럽게 시위의 중심인물이 되어갔다. 금방 눈에 띄는 큰 덩치도 한

못 했을 것이다.

혼자인 승객이 대개 그러하듯 종술 씨도 눈을 감는다. 그래도 지금쯤 버스가 어디쯤 지나가는지 환하게 그려진다. 율전마을 초입일 것이다. 마음이 푸근해진 그는 눈을 감은 채 창문을 연다. 어린 시절부터 함께한 익숙한 냄새가 코끝을 간질인다. 이 비릿한 냄새는 밤꽃 향기인가. 종술 씨는 눈을 뜨고 밖을 본다. 꽃이 보이지 않으니 환각이었는지도 모르겠다. 하지만 생각은 이미 달린 뒤다. 아주 오래전 밤꽃이 필 때 아내와 어둑어둑한 뒷산을 오른 적이 있다. 학력이나 집안 형편상 넘볼 수 없다고 생각했던 관계였지만 어렵사리 결혼 승낙을 받은 직후였다. 아내는 아무렇지 않은 말에도 웃음을 흘렸고, 그는 아내를 안고 싶은 욕망을 들킬세라 전전긍긍했다. 노을이 깔리자 그와 아내는 누가 먼저랄 것도 없이 손을 잡았다. 그리고 끝내 몸 밖으로 밤꽃 냄새를 몰아내고서야 산을 내려왔다. 사랑 하나면 된다고 당차게 말하던 그 여자는 사라져버린 것일까? 그때 우리가 꿈꾸었던 미래는 어디로 갔을까? 지금 우리는 왜 이럴까? 열심히 일하는데 왜 살아갈수록 고통스러울까? 이런저런 생각에 종술 씨는 얼굴을 찌푸린다.

아무리 아껴 쓴다고 해도 매달 정기적으로 들어가는 돈이 만만치 않다. 며칠 전 아내는 가까스로 버티던 암보험을 해약했다. 이자는 커녕 불입금에도 못 미치는 돈을 받았는데, 은행 이자에 노모의 병원비, 아이들 급식비로 그 자리에서 다 날렸다고 했다. 아내가 들쭉날쭉 식당일을 한다지만 네 식구 치다꺼리로는 어림없다. 그러니 돈을 끌어 쓸 수밖에. 종술 씨만 하더라도 카드 빚에 서서히 목이 옥죄이는 중이었다. 가뜩이나 날카로운 아내가 이 사실을 알면 또 한바탕 난리가 날 것이지만 최소한의 생활을 이어온 그로서는 어쩔 수 없었다. 점심은 집에서 먹으려고 애쓰고 술잔거리가 없어 만남도 피하지만 매번 그럴 수는 없는 노릇이었다. 그러니 야금야금 카드를 긁게 되었다. 아내나 아이들이 돈 이야기를 할 때마다 머릿속의 신경이 바짝바짝 말랐다. 자리를 피하거나 냅다 소리부터 지르게 되었다. 그럴 때 아내의 머릿속도 쟁쟁거렸을까? 그녀 역시 점점 성마른 얼굴이 되어 을근거렸다. 그래도 핏대 올려 화를 낼 때가 차라리 나았다. 눈물을 줄줄 흘리거나, 며칠씩 굶거나, 잠조차 못 잘 때는 어떻게 해야 좋을지 난감했다.

차가 모퉁이를 돌고 있다. 오늘도 어김없이 노인 몇이 힘겹게 버스에 오르고 있다. 산비탈에 사는 사람들이니 버스를 타려면 큰길까지 발품을 팔아야 한다. 평생 동안 몸을 놀려도 저 산동네를 벗어날 수 없는 사람들…… 종술 씨는 그게 싫어 악다구니를 쓰며 살았던 것인데 지금에 닿고 보니 모두 부질없다.

휴대전화를 몇 번이나 만지작거리다가 종술 씨는 폴더를 연다. 아직은 기본요금을 넘지 않을 테니 안부만 전하자 싶다. 요즘 그는 그 누구보다 노모에게 미안하다. 감기가 더쳐 입원했을 때나 퇴원 이후 집으로 모셨을 때 입에 맞는 반찬 한번 내놓지 못하고 조곤조곤 얘기를 나누지도 못했다. 파업을 두고 갈팡질팡하면서, 잔뜩 날이 선 아내와 신경전을 벌이면서 노모를 제대로 살피지 못했던 것이다. 결국 노모는 일주일 만에 산비탈 노옥으로 돌아갔고, 그는 아내와 애들에게 화풀이하는 걸로 미안함을 대신했다.

"예, 아직 계속하고 있습니다. 곧 끝날 겁니다. 너무 걱정 마십시오. ……뭘요, 괜찮습니다. 어디, 저 혼자만 힘든가요. 그래도 요새는 동우 놈이 맘 잡고 열심히 하고 있으니 에미 낯도 많이 펴졌습니다. ……아닙니다. 저도 간다간다 하는데 공부한다고 바쁘니까, 독서실에 다닌다고 한밤중에나 옵니다. 그럼요, 어쨌든 공부는 시킬 겁니다. 지 애비처럼 안 살게 하려면요. 예? 내가 어때서 그러냐고요? 참, 어머니도…… 맞습니다. 잘못했습니다. ……그러니까 나도 괜찮긴 하지만, 동우는 더 잘돼야 한다는……"

눈시울이 뜨거워져서 마지막 말을 맺지 못한다. 전화선 저편의 노모도 말이 없다. 종술 씨가 콧물을 들이마시자 노모는 전화요금 많이 나온다며 끊자고 한다. 가슴이 먹먹한 종술 씨는 변변한 인사말도 못한 채 폴더를 덮고 만다.

버스에서 내려 집으로 가는 길은 예전에 살던 아파트 앞을 지나게 되어 있다. 담이었던 자리는 방진용 천막으로 둘러싸여 있다. 삼십만 인구의 이 도시에서 가장 낡은 아파트였던 이곳은 그동안 조금씩 제 흔적을 지워왔다. 먼저 포클레인이 외벽을 내리치자 철근 골조와 시멘트 덩이가 드러났고, 이내 버려진 세간들과 엉키기 시작했다. 종술 씨는 더러운 매트리스와 플라스틱 바가지, 낡은 텔레비전과 네모난 서랍장이 철근과 뒤섞이는 걸 물끄러미 바라보곤 했다. 햇빛 아래 드러난 치부를 보는 것처럼 낯이 뜨겁다가도 피붙이를 영원히 떠나보내는 것처럼 속이 아리기도 했다. 방음벽은 아직도 헐리지 않고 있다. 폐허 같은 분위기에 아랑곳 않고 담쟁이는 살랑살랑 미끄러운 벽을 잘도 타고 올랐다. 온 가족이 함께 심었던 담쟁이를 보고 있자니 한숨이 났다. 이제 다시 올 수 없는 시절이겠지……

종술 씨는 오늘도 덤프트럭이 쉴 새 없이 드나드는 정문 안을 들여다본다. 그 사이에 땅바닥이 거의 평평해졌다. 그 많던 시멘트와 골조들은 어디로 갔을까? 트럭이 나간 자리에는 물이 뿌려지고 있다. 저 돌들만 걷어내면 철거 작업은 끝날 테고 그러면 새로운 아파트가 키를 세우겠지. 누가 봐도 배산임수, 최고의 주거지가 될 것이고 종술 씨도 입주민의 일원으로 당당히 입성할 것이다. 그럴 계획이었고 그래야만 했다. 하지만 이제는 모두 강 건너 간 얘기였다. 동우 사고 친 것 뒷갈망하고 생활비다 교육비다 하여 입주권을 팔지 않을 수 없었다. 입주권을 가지고 있다 해도 어차피 분양가 차액을 만들어낼 수 없을 테지만 종술 씨는 두고두고 아까웠다. 좁디좁은 아파트였으나 그래도 제 이름 석 자 박힌 집이었는데 돈은 잠깐 만에 흩어지고 겨우 전셋집에 의탁하고 있으니 신세타령이 저절로 흐른다.

종술 씨는 터벅터벅 걷는다. 이틀 동안 제대로 자지 못한 몸이 호졸근하다. 그래도 기분은 괜찮은 편이다. 능소화 가지가 늘어진 아래로 연우가 걸어오고 있다. 잘 만났다 싶다. 이미 알고 있겠지만 저녁에 있을 가족 집회 얘기를 환기시킬 작정이다. 그런데 연우는 뭐가 불만인지 잔뜩 찡그린 얼굴이다. 골목 입구에 서 있는 종술 씨도 눈에 들어오지 않은 모양이다. 이름이 불리고서야 고개를 든다.

"일찍 가네. 아직 등교 시간 아니잖아. 밥은 먹었니?"

한껏 다정하게 말했지만 돌아오는 반응은 싸늘하다. 아예 듣는 둥 마는 둥 종술 씨 옆을 쌩하니 지나려 한다. 종술 씨는 그 순간 동우가 보낸 문자 메시지를 생각해낸다. 잡혀 있는 동안 휴대전화도 뺏긴 상태여서 석방되고 나서야 볼 수 있었다.

"엄마는 언제 들어왔니? 야근이었다니? 동우는?"

"몰라요."

연우가 매섭게 쏘아붙이더니 가방을 추어 멘다. 종술 씨는 가족 집회 얘기를 꺼내지도 못하고 연우에게 길을 터준다. 그런데 골목을 빠져나가려던 연우가 다시 돌아온다. 후우, 집회가 어디에서 열리는지 물으려는 건가.

"아빠, 돈 있어?"

착각이다. 종술 씨는 마른침을 삼키고 연우에게 묻는다.

"얼마나?"

"되는대로."

있을 리 없다. 호주머니를 탈탈 털어보니 천 원권 석 장과 동전 몇 개가 전부다. 연우는 종술 씨가 내미는 돈을 물끄러미 보더니 달음박질을 친다. 종술 씨는 민망해진 손을 거두며 멀어지는 연우의 뒷모습을 바라본다.

현관 앞에 서자 아내와 동우의 격한 음성이 밖에까지 들린다. 종술 씨는 이맛살을 찌푸리며 문을 민다.

"……필요한 데가 있으니 그럴 거 아니에요?"

"난들 안 주고 싶어 그랬어? 없어서 못 준 건데, 어디서 소리를 질러."

"오죽 답답해서 그럴까, 이해해주면 안 돼?"

"나만 이해해야 해? 나도 밤 새워 일하고 온 몸이야. 게다가……"

"그깟 해장국 집에서 몇 푼 번다고 밤샘까지 해야 해? 집안 꼴이 이게 뭐야."

"아이고, 같잖아서. 언제부터 네가 집안 생각이야. 그리고 그깟 해장국이라니, 건방진 놈. 지금 심정으로는 몸이라도 팔아……"

"여보! 아무리 화가 나도 그런 막말을……"

종술 씨가 끼어든다. 서로 맞서 있던 두 사람이 놀란 눈으로 종술 씨를 바라본다.

"그리고 동우 너, 어디서 배운 버르장머리야. 당장 엄마에게 잘못했다고 빌어."

하지만 동우는 들은 척 만 척 두 사람을 노려보더니 돌아선다. 종술 씨는 동우가 혼잣말로 내뱉는 욕지거리를 놓치지 않는다. 큰 소리로 불러 세우지만 동우는 대꾸 없이 방문을 연다. 저, 저놈이…… 종술 씨는 냅다 달려가 동우의 어깻죽지를 있는 힘껏 갈긴다. 그러자 득달같이 아내가 달려들어 종술 씨 가슴을 밀어낸다. 미쳤어? 뭐 하는 짓이야? 찢어질 듯한 아내의 목소리에 종술 씨가 비실비실 뒤로 물러난다.

"당신도 똑같아. 알아?"

아내가 말한다. 조금 전의 사나운 기세는 어디로 갔는지 목소리가 잔뜩 잦아든다. 식탁 모서리를 잡고 있는 아내의 손이 파르르 떨리고 숨마저 할딱인다.

"……오늘이 ……무슨 날인 줄이나 알아? 알고 있냐고."

그야 가족 집회지. 종술 씨는 반가운 마음으로 얼른 입을 열려 한다. 그런데 아내의 표정이 예사롭지 않다.

"우리 동세……"

그때서야 종술 씨는 아차 싶다. 얼마 전까지도 기억하고 있었던, 동세의 기일이 바로 오늘이다. 오후에 절에 갔다가 집회 장소로 같이 가면 되겠구나라는 생각까지 했었다.

"미, 미안해. ……지금이라도 가, 가자고."

"흐흥, 가면 된다고? 절에서 그냥 지내준대? 아무리 그래도 이십만 원은 쥐여줘야 하는데, 돈이 어딨어? 아이고, 동세야……"

아내는 숫제 통곡이다. 욕실로 가려던 종술 씨는 갑자기 길을 잃은 채 망연히 섰다. 바퀴벌레 한 마리가 느릿느릿 기어가고, 아내는 바닥에 주저앉아 눈물을 쏟아낸다. 화음처럼 동우 방에서도 턱턱 부딪치는 소리가 들린다. 벽에 제 머리를 치는 중이라는 것을, 보지 않아도 알겠다.

같은 날, 연우

일교시는 '진로와 직업', 입시 과목이 아니어서 대개 자율학습으로 때우는 시간이다. 연우는 뻐딱하게 앉아 연필을 굴리고 있다. 수학 문제도 아니고 영어 단어도 아닌, 토막 난 단어와 숫자들만 연습장을 어지럽게 채우고 있다. 파먹을 듯이 책에 몰두하는 평소 모습이 아니다. 머릿속에 온갖 생각이 뒤섞인다. 목이 타고 입술이 마른다. 어째야 할지 도무지 모르겠다.

정 급하면 금가락지 하나 있는 거, 이거라도 가지고 가…… 할머니의 말이 귀에 쟁쟁하다. 새벽같이 할머니 집을 찾은 것은 워낙에 다급해서였다. 갑자기 들이닥쳐서는 사십만 원을 변통해달라고 했으니 할머니도 어지간히 놀랐을 테다. 얘야, 너 알다시피 내가 일을 못하고 있으니 동전 한 푼도 아쉬운 판이야. 미안하다. 이를 어쩌나, 이를 어쩌나…… 기대했던 걸음이 아니니 그냥 물러났어야 했다. 그런데 제 성질을 이기지 못한 연우는 할머니에게 화풀이를 하고 말았다. 동우가 부탁해도 그럴 거야? 언제나 나는 뒷전이야. 어릴 때부터 동우만 싸고돌고…… 억지라는 것을 뻔히 알면서 되는대로 내뱉었다. 할머니에게 맡겨진 게 콤플렉스인 동우가 알면, 그야말로 싸움 날 소리였다. 그런데도 연우는 돌아가는 컨베이어 벨트를 멈출 수 없었다. 씨, 내 힘들 때 도와주지도 못하면서 성당에 헌금은 왜 하는 거야. 그 돈 다 모아두었으면…… 연우야! 좁은 마루에 앉아 있던 할머니가 연우의 이름을 불렀다. 연우는, 일찍이 들어보지 못한, 차가운 목소리에 돌아서려던 걸음을 멈추었다. 정 급하면 금가락지 하나 있는 거, 이거라도 가지고 가. 목소리가 아니라 얼음물이 온몸에 끼얹어지는 것 같았다. 에이 씨, 나더러 어떡하란 말이야. 연우는 그 길로 대문을 박차고 긴 골목길을 내처 달렸다.

연우는 할머니의 영상을 지우며 시계를 다시 본다. 벌써 십오 분이 지나 있다. 연우는 책상 위에 펼쳐 있는 창미의 글을 다시 본다. 마음이 딴 데 있으니 잘 읽히지 않는다. 연필로 밑줄을 그어가며 간신히 페이지를 넘긴다.

아, 그렇지! 공부보다 책을 읽자. 연우는 서랍에서 에리히 프롬의 『소유냐 존재냐』를 꺼낸다. 곧 열리게 될 감상문 쓰기 대회 때문이다. 예선전 삼아 치른다는 교내대회야 걱정 없지만 전국 결선이 문제다. 한 달 정도 여유가 있긴 하지만 준비가 빠른 것은 아니다. 꼭 일등으로 당선해서 상금 백만 원을 따내야 한다. 그 돈이면 다달이 닥쳐오는 곗돈을 내고 창미 돈도 갚고 무엇보다 원장에게 빌린 돈을 갚을 수 있다. 간밤에 문제만 터지지 않았다면 계획대로 되었을 텐데, 연우는 제 발등을 찍은 실수 때문에 진퇴양난의 처지에 빠지고 말았다.

문자 메시지를 보낼 때 발신자 번호를 바꾸는 건 새삼스런 일도 아니다. 학생들 사이의 커닝을 고발하거나 학생부에 고자질할 때 흔히들 하는 일이다. 친구끼리 하기 힘든 충고나 험담을 할 때도 유용했다. 할 말은 하되 다치기는 싫다는 뜻이다. 애초에 연우의 생각도 그랬다. 나중에 어떤 일이 생기더라도 책임을 떠밀 수 있을 것 같았다. 어른에게 농락당한 가련한 십 대가 되어야 했다. 그런데 간밤에는 발신자 번호를 고치지 않은 상태에서 메시지를 전송해버린 것이다. 여태껏 잘해오다가 왜 그런 실수를 하게 되었는지 모르겠다. 간밤부터 새벽까지, 원장이 여러 차례 보내온 문자 메시지에, 연우는 바르르 떨 수밖에 없었다. 공짜로 공부시켜 놨더니…… 학원 이름을 높이지는 못할망정…… 빌려준 돈부터 갚지 않으면 그냥 있지 않…… 틀린 말 없다. 누구라도 그렇게 생각하고 요구할 수 있는 말이다. 후우, 그러기에 왜 그런 짓을…… 경찰서로 가게 되면 어떻게 되는 거지? 아아, 연우는 애먼 머리칼만 쥐어뜯는다.

집중이 안 되는 탓도 있겠지만 책은 처음부터 복잡해 보인다. 옮긴이의 말에 머리말이 이어지고, 서론 또한 길다. 제대로 이해하지 못한 채 책장이 넘어간다. 그래도 밑줄을 그어가며 지은이 생각을 좇아간다. 존재의 삶이 되어야 한다고? 새로운 사회의 새로운 인간? 흥, 책이라고 어지간히 고상하게 늘어놓았네. 번드르르한 말이야 누가 못할까? 문제는 현실이지……

아무리 마음을 다잡아도 자꾸 마른침이 고인다. 머리가 지끈거리고 이마가 뜨거워진다. 억지로라도 책을 읽으려 했지만 이 마당에 눈에 들어올 리 없다. 연우는 책상 위에 얼굴을 묻어버린다.

연우는 자잘한 몽돌이 깔린 바닷가를 걷고 있었다. 예전에 온 식구가 같이 갔던 곳이었다. 누군가 연우 뒤를 따르고 있었다. 그에게서 벗어나고자 연우는 달리기 시작했다. 하지만 뒷사람과의 거리는 조금도 좁혀지지 않았다. 숨이 가쁘고 다리가 아파왔다. 연우는 차라리 잡히는 게 낫겠다고 생각하며 달리기를 멈추었다. 팔을 꺾거나 머리채를 낚아채더라도 어쩔 수 없다 싶었다. 그런데 뒤쪽에서는 아무런 반응이 없었다. 조마조마한 마음으로 연우는 고개를 돌렸다. 그런데 서 있는 사람 얼굴이 끔찍했다. 형체가 뭉개진 듯싶고 일그러진 가면을 쓰고 있는 것도 같았다.

……얘들아, 모의고사비 빨리 내라. 오전까지 안 내면 벌금도 붙는…… 이상하다. 아직 꿈속인 것 같은데 반장의 말이 또렷이 들린다.

……얘도 교실에서 잠을 자냐? 그러게 말이야…… 창미와 짝이 두런거리는 소리다. 연우는 퍼뜩 눈을 뜨고 얼굴을 든다. 선생은 보이지 않고 창미가 눈앞에 서 있다. 쉬는 시간이 된 줄도 모르는 채 잠이 들었던 모양이다.

"어디 아파? 괜찮아?"

연우는 머리를 흔들며 창미가 건네는 카페오레를 마신다. 시원한 기운이 몸속에 퍼지자 정신도 제자리를 잡는 것 같다. 연우는 고개를 끄덕인다.

"어떻든?"

읽어달라고 부탁했던 자기소개서를 두고 하는 말이다. 창미는 오로지 리더십전형밖에 없다며 비슷한 수준의 대학들을 한꺼번에 공략하는 중이다.

"덥지 않아?"

연우는 교복 위에 걸치고 있는 창미의 윈드점퍼를 보며 말한다. 걱정이라기보다 도드라져 보이는 유명 상표에 대한 질투일지도 모른다.

"으응, 이거? 간지 나잖아. 근데 지금 이게 중요한 게 아니고, 내 글 어떠냐고?"

흥, 폼도 안 나면서…… 쏘아붙이고 싶은 마음 때문인지 연우의 대답이 삐딱해진다.

"네가 쓴 거 맞아? 요새 이런 거 써주는 학원도 있다던데."

"에헤, 의심은…… 엄마하고 머리 맞대고 궁리하긴 했지만 이 올케의 순수 작품이다. 그렇게 말하는 건 읽을 만하다는 뜻?"

글을 읽으면서 연우의 눈길이 오래 머물렀던 건 가족 이야기였다. 쇼핑을 함께하고 기분이 내키면 밤새워 같이 수다를 떠는 엄마, 답사와 해외여행을 함께 다니는 아빠, 거실에서 피아노와 클라리넷을 연주하는 남매까지…… 연우는 현실 세계에 있을 것 같지 않은 그 풍경이 부러웠다. 그 모든 걸 가능하게 하는 돈이라는 것에 시샘이 났다. 그래서였을까? 생각지도 않았던 말이 툭 튀어나온다.

"아버지가 뭐 하시는데 이렇게 장시간을 같이 다니시나? 네 싸이에 있던 여행 사진에서는 얼굴을 본 것 같지 않은데."

순간 창미의 얼굴에 당황하는 기색이 스친다.

"뭐, 뭐…… 사업하시지. 무슨 일인지는 나도 잘 몰라. 어, 그래. 납품 같은 거."

직감적으로 연우의 촉수가 날카롭게 움직인다. 뭔가 숨기는 게 있구나 싶다. 연우는 창미를 흘겨보다가 입을 닫는다. 하고 싶지 않다면 굳이 들을 이유도 없다. 한편으로는 자신처럼 숨기고 싶은 얘기가 있으면 좋겠다고 생각한다. 그늘 한 점 없는 창미에 대한 선망일 것이다. 연우는 고개를 흔들며 화제를 돌린다.

"밴드부 활동이 좋더라. 늘 노는 것 같더니만 그렇게 적으니까 대단해 보였어."

창미도 당황하는 기색을 얼른 지우고 연우의 말을 받는다.

"그럼, 내가 밴드부에 밀어넣은 돈과 노력이 얼만데."

"그런데 봉사활동은 다 사실이야? 제법 많던데."

"공식 문서를 어떻게 거짓으로 꾸미냐. 밴드부의 특성을 살린 거지. 네가 잘 몰라서 그렇지 양로원이나 병원을 많이 다녔어. 장애인학교도 갔었지. 아, 지금 생각하니 그때가 좋았다. 트로트면 트로트, 동요면 동요. 신시사이저 건반이 닳도록 신나게 두드려댔으니 말이야……"

창미의 얼굴이 환하게 피어오른다. 조금 전에 보았던 표정은 어디에서도 찾을 수 없다. 밴드부 활동이 정말 좋았던 모양이다. 공부하기 싫어서 했다더니 꼭 그런 것만은 아니었나 보다. 늘 헤실거리기만 하던 창미가 다시 쳐다보인다.

"신혜 일은 사진 한 장 없이 이게 뭐냐? 일은 네가 하고 공은 지영이가 차지하고……"

요 며칠 동안 계속 있어온 이야기다. 연우는 다시 흥분한다. 익히 알고 있는 내용이라 창미는 서둘러 말한다.

"그래서 담임 샘에게 말씀드렸어. 오늘밤에 다시 얘기하기로 했어."

"그래? 도와주신다 하든?"

"몰라. 나중에 가봐야 알지. ……연우야. 고맙다. 내 합격하면……"

말을 하다 말고 창미가 와락와락 연우의 목을 감는다.

"서방님 불러서 셋이 파티하자."

"야, 제발 그런 소리 말랬지?"

연우는 화들짝 놀라며 창미의 팔을 푼다.

사교시는 과학실 이동 수업이다. 그런데 선생의 설명이 귀에 들어오지 않고 시계에만 눈이 간다. 벌써 이십 분이 지나는 중이다. 가슴이 두근거리고 입이 마른다. 이런 상태라면 아프다고 해도 아무도 의심하지 않을 것 같다.

드디어, 심상찮은 기색을 눈치 챘는지, 짝이 어디 아프냐고 말한다. 연우는 인상을 그으며 토할 거 같다고 공책 여백에 적는다. 짝이 연우 얼굴을 골똘히 들여다본다. 연우는 땀이 배는 이마를 훔친다. 예상대로 짝이 손을 든다.

"선생님."

필기를 하던 선생이 돌아본다. 모든 게 각본대로 돌아간다. 연우의 가슴이 둥둥거린다.

"연우가 많이 아프다는데요."

"어머, 그러니? 그래, 안색이 안 좋다. 곧 기말고산데 어떡하니? 빨리 보건실로 가 봐."

공부 잘하는 것이 이럴 때는 도움이 된다. 모두가 그렇진 않지만 선생들은 성적 좋은 학생에게 과도할 정도로 너그럽다. 연우는 입을 막으며 일어선다. 선생과 아이들의 시선이 느껴진다. 연우는 뒷문을 향해 휘청거리며 걷는다.

일차 성공이다. 교실 밖으로 나온 연우는 바삐 걷는다. 그런데 보건실과 반대 방향이다. 이층으로 내려간 연우는 재빠르게 자기 교실 앞에 선다. 주위를 살핀다. 옆 반에서 수업하는 소리가 흘러나올 뿐 복도는 텅 비어 있다. 미리 고리를 풀어놓았던 뒤쪽 창문을 연다. 팔에 힘을 주어 그 반동으로 창턱에 오른다. 연습이라도 한 것처럼 빠르고 정확하다. 빈 교실을 가로질러 연우는 반장의 자리로 간다. 머릿속이 하얗게 비고 손이 바르르 떨린다. 입술을 깨물며 반장의 가방을 연다. 돈 봉투는 지퍼 안쪽에 있었다. 찌릿, 봉투를 집은 손끝이 감전된 것처럼 움찔거린다. 전기가 팔을 타고 올라가 목젖까지 태우는 것 같다. 쿵덕거리는 소리가 가슴 밖으로 터져 나온다. 숨소리가 교실에 메아리치는 것 같다. 연우는 자기 사물함을 열어 얼른 봉투를 집어넣고 한숨을 쉰다. 그리고 천천히 돌아선다. 지금 내가 뭘 하는 거지? 이러면 해결될까? 아, 몰라. 어쩔 수 없어…… 연우는 헝클어진 머릿속을 비우기라도 하듯 세차게 고개를 흔들며 뒷문을 향해 걷는다.

그런데 바로 그 순간, 자신을 바라보고 있는 시선과 딱 마주친다. 창미, 창미가 복도에서 안을 들여다보고 있다. 연우가 창문을 닫지 않았는지 창미가 열었는지 모를 일이다. 몸이 굳어버린 연우에게 창미가 뒷문을 열라는 신호를 보낸다.

교실로 들어온 창미는 연우의 사물함에서 봉투를 꺼내더니 몇만 원만 책 사이에 끼운다. 그 다음 일부는 제 호주머니에, 나머지는 제 방석에 쑤셔 넣는다.

"……네가 나가자마자 선생이 그러는 거야. 뒤따라 가봐야 하지 않겠냐고, 저러다가 보건실 가기도 전에 쓰러지겠다고…… 내가 재빠르게 일어섰지."

연우와 창미는 아무 말 없이 복도를 걷는다. 보건실은 잠겨 있다. 선생들은 학생보다 먼저 식사를 할 수 있으니 급식소라도 간 모양이다.

"다 얘기할게."

연우는 창미의 눈을 피하며 주위를 살핀다. 아직 사교시가 끝나지 않은 시각, 외따로 떨어져 있는 보건실 주위는 적막하다. 연우와 창미는 복도 창문가에 나란히 선다.

"오, 오해하지 마. 사실은 반장에게……"

"애가 지금 소설 쓰나? 반장이랑 짜기라도 했단 말이야? 자기 가방에서 빼 가라고?"

"그렇지. 그게 말이야……"

"제발 연우야, 나를 못 믿니? 내가 담탱이에게 이르기라도 할 거 같아? 네게는 분명히 이럴 수밖에 없는 이유가 있을 테고, 나는 무조건 네 편이야. 왜? 친구니까."

창미의 어조가 단호하다. 간곡한 뜻을 전하듯 거듭 고개를 끄덕인다. 어떤 거짓말도 먹혀들 것 같지 않다. 연우는 한숨을 쉬며 말을 잇는다.

"원장에게 돈을 빌렸거든. 당장 갚지 않으면 경찰서에 넘긴대."

"돈을? 너 설마 원조……"

"아니야, 그런 거. 빌렸으니 갚으라는 거잖아."

"하긴…… 그렇다고 하필 오늘까지? 사정을 이야기해보지 그랬어?"

"내가 협박 문자를 보냈는데 그걸 알아버렸어. 보험 삼아 한 일이었는데."

"뭐?"

제 고함 소리에 놀란 창미가 스스로 입을 막는다.

"협박 문자?"

"그 비슷한 거."

"그건 내가 보냈어. ……그럼 너도?"

둘의 눈이 딱 마주치고 엉겁결에 손까지 맞잡는다.

"네 얘기를 들을 때마다 곱게 안 보였거든. 더 솔직히 말하면 네가 넘어갈 거 같더라고. 그래서 그 인간이 스스로 물러나게 해야겠다 싶었지. 돈 빌린 건 몰랐어. 그런데 그런 약점 잡고 너 만나온 것이라면 이거, 진짜 나쁜 놈이잖아."

연우는 가슴이 옥죄는 중에도 협박 문자를 날렸다는 창미가 고마웠다. 그동안 은근히 무시해왔던 게 미안하기도 했다.

"그래, 이제 어쩔 거니?"

"학교 마치는 시간에 온다니 나가야지."

"얘가 지금, 무슨 일을 당할지도 모르면서……"

"어쩔 수 없잖아. 시키는 대로 안 하면 학교에 연락하고 경찰서로 넘긴다는데."

연우는 기어이 눈물을 쏟고 만다.

"울지 마. ……어쩌지? 이걸 어쩐담. ……그래, 보건실과 화장실에 같이 있었던 걸로 하자. 나중에 소지품 검사를 해서 돈이 나오더라도 무조건 잡아떼는 거야. 나는 늘 돈이 많은 편이니 그렇게 말하면 될 거고. ……그리고 나중에 나랑 같이 가. 혼자보다 둘이 낫지 않겠어?"

창미가 일사천리로 말하면서 먼저 돌아선다.

"그래줄래? 아니, 안 돼. 아니, 모르겠어. 모르겠어. 정말이지……"

연우는 혼잣말처럼 중얼거리며 비실비실 창미 뒤를 따른다.

같은 날, 동우

동우에게 수시모집이니 수능이니 하는 말들은 먼 나라 얘기다. 공부와 담을 쌓았으니 기말고사라고 특별히 긴장될 일도 없다. 오히려 선생 눈치 안 보며 마음껏 잘 수 있고, 오전에 일과를 마치니 평소보다 더 홀가분하다. 시험을 치는 세 시간 동안, 동우는 아침에 보았던 장면을 계속 생각했다. 월담을 하려고 망을 보고 있는데 빨간색 경차가 옆을 지나갔다. 최혜진 선생의 차였다. 반가운 마음에 무의식적으로 손이 올라갔는데 저만치서 차가 섰다. 태워주려나 싶어 동우는 뛰었다. 하지만 이내 멈추어야 했다. 다른 차에서 내린 험상궂은 놈이 선생 차를 두드려댔기 때문이었다. 선생은 밖으로 나오지 않고 창문만 내렸다. 돌아서는 것도 이상하겠다 싶어 동우는 계속 걸었다. 가까이 가자 연대보증, 빚, 남편, 차압이라는 단어가 귀에 들렸다.

하루치의 시험이 끝났다. 공부 잘하는 놈은 잘하는 놈끼리, 못하는 놈은 또 그들끼리 답을 맞추어본다고 교실이 왁자지껄하다. 동우는 가방을 둘러멘 채 담임을 기다린다. 다른 반은 이미 종례를 마쳤는지 복도가 시끄럽다. 점심을 먹어야 하고 옷도 갈아입어야 하는데…… 시험 기간 동안은 오후 두시부터 일하기로 한 동우는 열이 뻗친다. 얘들아, 청소해야 보내준대. 빨리 하자. 반장이 고함을 지르자 애들이 볼멘소리를 하며 책상을 밀기 시작한다. 단체 회식을 한다더니 담탱이는 안 가나? 아직 출발 시간이 안 되었겠지. 교문 앞에 관광버스는 와 있더니만……

한참이 지나 작은 키에 땅딸막한 몸집이 출입구에 선다. 그런데 혼자가 아니다. 뭐야? 또 청소 트집? 어, 명석이 형이다. 진석이의 소곤거림이 반장이 지르는 소리에 묻혀버린다. 정말? 어디어디? 여기저기서 쏟아지는 소리에 담임의 상체가 꼿꼿해지고 뒤따르던 파마머리는 겸연쩍게 웃는다. 저 비리비리한 놈은 누구냐? 동우는 진석에게 턱짓으로 앞을 가리킨다. ○○대 간 선배, 아마 수석이었다지. 그래서? 동우의 반문에 진석이는 난들 아나, 어깨를 으쓱하며 손을 펼쳐 보인다.

"자, 주목. 오늘 여러분에게 아주 귀한 손님을 소개한다. 바쁜 몸이지만 방학을 맞아 특별히 우리 반을 방문해주었다. 고 삼 여름을 슬기롭게 보낼 수 있는 공부 비법을 잘 들어서 작년처럼 우리 반에서 대박나기 바란다."

마치고 교무실로 오너라, 담임은 단상 위에 올라가는 파마머리에게 다정하게 말한다. 일찍이 본 적 없는, 환한 얼굴이다. 자랑스럽다 못해 차라리 비굴해 보인다. 쳇, 동우의 입이 저절로 비뚤어진다.

"반갑습니다. ○○대학교 법과대학에 재학 중인 김명석입니다."

파마머리가 단상에 올라 고개를 까딱거리자 여기저기서 환성이 터진다. 누군가가 입에다 손을 대고 삑 소리를 내는가 싶더니 반장이 벌떡 일어나 차려, 경례를 붙인다. 고작 일 년차 선배인데, 인사를 그렇게 해야 하는지 따져볼 겨를도 없이 애들은 반장의 구호에 따른다.

뒤뜰 모퉁이에 진석이가 모습을 드러냈다. 동우를 발견하고는 손을 번쩍 든다.

"흐흐, 큰소리치더니 멀리 못 갔네."

"그러게, 오늘 같은 날, 도망도 아니고 교문 지도도 없는데 왜 이러는지…… 습관이 무서운 건가? 낄낄, 그러는 너도 똑같네."

"오늘 간지 나던데?"

"흥, 학교 공부만 열심히 하면 ○○대 갈 수 있다고? 놀고 자빠졌네. 그리고 그딴 얘기 명문대 갈 놈들만 들으면 되지 왜 반 전체를 잡아두어야 하냐고. 그래서 정중하게 말했지."

"저는 대학 갈 생각이 없으니 나가보겠습니다."

진석이가 동우가 했던 말을 그대로 재현한다.

"내가 잘못한 거냐?"

"아니야, 잘했어. 멋있다고 했잖아. 담탱이 허세인 거 보면 몰라? 좋다고 헤헤거리는 놈들이 웃긴 거지. 선배가 ○○대생이면 저희도 그렇게 되나? 너 쏘아붙이고 나간 뒤 분위기가 썰렁해지자 그 선배도 당황했는지 급하게 끝내버리더라. ……근데 더 가관인 건 말이야, 교무실 앞을 지나오다 봤는데 그 선배 앞에 선생들이 줄을 서는 거야. 와, K선생의 그 가증스런 얼굴이란…… 한마디라도 나누고 싶어 안달이더라니까."

건물 뒤편은 그늘이라 주차해 있는 차들이 많다. 선생들이 전체 회식을 하는 동안 묶여 있을 차량들 속에 담임의 차도 있다. 얼마나 닦았는지 반짝반짝, 은박지를 붙여놓은 것 같다. 동우는 보닛을 툭툭 치다가 힘을 넣은 주먹을 진석이에게 들어 보인다. 진석의 얼굴에 미소가 퍼진다. 오케이, 진석의 사인과 함께 동우는 주먹을 내려친다. 그런데 어라? 진석이가 놀란 눈으로 바라본다.

"야, 우그러진 거 아냐?"

"설마, 장난으로 살짝 쳤을 뿐인데."

동우는 차 높이와 눈을 맞춰 세밀하게 살펴본다. 괜찮은 것 같기도 하고 주먹 크기 정도로 들어간 것 같기도 하다.

"내가 그런 거 아니지?"

"글쎄."

"차가 이렇게 약할 리 없잖아."

"글쎄."

"넌 글쎄밖에 못하냐?"

당황한 동우가 버럭 소리를 지른다. 또 사고 친 거란 말인가. 안 돼. 동우는 바닥에 침을 찍 갈긴다. 뛰자, 동우는 진석이 손을 잡고 달린다.

담이 낮아지는 지점이다. 동우는 높이를 가늠하며 가방을 추어 멘다.

"동우야, 잠깐만."

옆에 서 있던 진석이 몸을 튼다.

"뭐 하려고?"

"야, 이런 기회가 다시 오겠니? 봐아, 개미 새끼 하나 없잖니."

진석이는 돌멩이 하나를 집어 들더니 성큼성큼 걷는다. 길거리에서 보던, 시위하는 사람들 모양 표정이 엄숙하다. 녀석은 잡아들인 먹이를 앞에 둔 사자처럼 담임의 차를 노려본다. 야! 너, 어쩌려고…… 동우가 진석을 향해 뛴다. 하지만 이미 그 사이에, 뒷문에서 앞문까지, 볼썽사나운 줄이 죽 그어지고 만다.

담을 넘어 소공원까지 한달음에 달린다. 진석이는 그때까지 쥐고 있던 돌을 나무 사이로 멀리 던진다.

"이로써 완전범죄! 아아, 시원하다."

도대체 저놈의 속을 알 수 없다. 소심한 놈이 일을 칠 때는 누구보다도 빠르다. 잘산다면서 알바도 녀석이 먼저 시작했다. 동우를 편의점에 소개시켜준 것도, 지금 일하고 있는 주유소로 끌어준 것도 놈이었다. 학교 문제도 진석이가 나서서 담임에게 상담을 요청했다. 학교에선 공부가 안 된다, 차라리 독서실로 다니는 게 나을 듯하니 야간자율학습을 빼달라고 말했다. 부모님 승낙서를 받아오라는 조건을 달긴 했으나 담임은 쉽게 허락을 해주었다. 비굴하리만큼 조신했던 태도가 무색할 지경이었다. 면학 분위기를 위해 동우나 진석이는 학교에 없는 게 낫다는 판단을 했을지도 모른다. 목적을 이루긴 했으나 몹시 씁쓸한 경험이었다.

"야, 어쩌려고? 징계 받은 지 얼마나 지났다고? 임마, 나는 이제 싫어."

벤치 등받이를 올라타며 동우가 말한다. 아무리 사고를 쳐도 동우와 다른 대접을 받는 걸 진석이 역시 알고 있을 터다.

"동우야, 혹시 들키게 되면 넌 빠져라. 아무렴 주먹 한번 댔다고 차가 우그러지겠나."

"이 자식이?"

"흐흐, 그래, 나도 징계 한번 먹어보려고 그런다."

성질을 내는 동우와 달리 이어지는 진석이의 목소리는 낮고 깊다.

"너한테 늘 미안했어. 그렇지만 담탱이가 나를 인정하는 건 아니야. 알지? 엄마, 아빠가 하는 말을 들었는데 돈을 먹인 모양이더라. 부모고 선생이고 다 썩었어. 풀풀 냄새가 난단 말이지."

"임마, 그런 뒷바라지 받는 것도 다 네 능력이다."

"얼마 전 일제고사 친 날 생각나? 종수가 아프다고 결석하니까 그 인간 뭐라 하든. 평소 같으면 죽어도 학교 와서 고꾸라지라고 하더니, 알아서 잘 빠져준다고 싱긋이 웃더라. 반 평균 깎아먹는 너나 나도 결석했으면 싶었겠지. 역겹지 않냐? 그러니 저도 한번 당해봐야 한다고."

동우는 자기도 모르게 고개를 끄덕인다. 심정이야 하나도 다를 바 없기 때문이다.

"미안은 무슨, 관심도 좋은 사람에게 받아야지…… 하나도 안 부러웠다."

"그렇지? 그래도 너는 널 알아주는 최혜진 선생이 있잖아. 같이 올라왔으면 좋았을 걸 교장에게 밉보여 삼학년 담임 잘렸다며? 진짜 웃겨. 우리 담탱이보다 훨씬 잘 가르치는데 말이야."

최혜진 선생 이야기가 나오자 잠시 잊고 있었던 아침 장면이 다시 떠오른다. ……내게도 피 같은 돈이란 말이야. 정말 이딴 식으로 뻗대면 조폭을 동원해서라도 받아낼 거야! 험상궂은 놈이 마지막으로 했던 말이다. 그 순간 동우는 놈의 멱살을 낚아채려다가 참았다. 선생이 난처해할 것 같아서였다. 아무것도 못 본 척 옆을 지나가려니 화가 부글부글 끓었다. 도대체 그 남편이라는 인간은 뭐야? 죽은 지가 언젠데 아직도 아내가 빚을 갚아야 한단 말인가. 휴우, 투덜거리던 동우는 애먼 가로수만 냅다 찼다. 속사정을 알고 있는 어머니에게 물어봐야겠다고 생각하며 동우는 화제를 돌린다.

"그나저나 네가 알바 하는 거, 집에서 알기나 하니?"

"당연히 모르지. 독서실에서 열심히 공부하는 줄 알아. 덕분에 독서실 등록비도 꼬박꼬박 모으고 있다."

"나중에 들통나면 어쩌려고?"

"그러니까 돈을 모으는 거지. 바라던 오토바이도 샀으니 이젠 집 나가면 그만. 아들보다 돈벌이가 더 좋은 사람들이야. 돈, 돈 하다가 어느 날 아들이 사라진 집을 봐야 해. 흐흐, 머지않았다."

주유소에서 만나기로 하고 진석이와 헤어져 집으로 왔다. 현관문
을 열자 후텁지근한 공기가 얼굴에 확 끼친다. 어머니도 아버지도
보이지 않는다. 교복을 벗자 꽉 끼었던 마음도 조금 헐거워지는 것
같다.

동우는 다 끓은 라면을 앞에 두고 거실 바닥에 앉는다. 습관적으
로 텔레비전을 켠다. 화면으로 오래된 무협영화와 할리우드 액션,
웃고 짓까부는 연예인들, 홈쇼핑이 들고난다. 리모컨을 계속 눌러
대던 동우는 어느 순간 멈칫, 화면을 다시 앞으로 돌린다. 정문을
사이에 둔 채 밀고 밀치는 사람들, 방패를 쥔 전경들과 붉은색 조끼
를 입은 남자들, 은하교통이 틀림없다. 동우는 앉은걸음으로 앞으
로 다가간다. 전경과 몸태질하면서 정문으로 막 진입하려는 남자,
몇 사람에게 뒷덜미가 다시 잡혀 끌려가는 남자, 무리들 속에서 동
우는 용케 아버지를 알아본다. 가슴이 후드득 떨린다. 현장에서 마
이크를 든 기자는 경찰과 대치하던 조합원 일부가 연행되었다고 말
한다. 어제 저녁에 있었던 일이라고 한다. 그래서 전화도 안 되고
문자 메시지도 안 되었던 거구나. 날 때린 것도 그래서였나? 잡혀
들어간 것도 풀려 나온 것도 아무도 알아주지 않아서? 집이라고 돌
아오니 서로 싸우고만 있어서?

잠깐 만에 뉴스가 끝나고 광고가 이어진다. 하지만 동우의 머릿
속은 매미나 개구리가 우는 것처럼 연신 왕왕거린다. 습관적으로

리모컨을 누르지만 팔이 꺾인 채 끌려가던 아버지가 모든 화면에 덧씌워진다. 라면 가닥이 식도를 감는 느낌이다. 작은 바늘 같은 것이 동우를 콕콕 찌르는 것만 같다. 동우는 방으로 들어가 컴퓨터를 켠다. 즐겨찾기를 통해 최혜진 선생과 같이 보았던 사이트를 연다. 오늘 저녁 여섯시 시청 광장,이라는 글귀가 캡처되어 뜬다. 승리의 분위기를 가족문화제로 완결 짓자는 표어가 화면을 가로지르며 꿈틀거리고 있다. 동우는 몇 번의 클릭으로 아버지를 찾아낸다. 거의 실시간으로 업데이트되는 자료에 따르자면 경찰서에 잡혀간 조합원들은 밥그릇을 뒤엎으며 진술서 작성을 거부했으며 결국 자정 무렵에 석방되었다고 한다. 대신, 사장 구속이 초읽기에 들어갔다는 내용도 있었다. 경찰서 밖을 지킨 시민단체 회원과 조합원 가족 중에는 동우가 다녔던 합기도장 관장도 보였다. 그는 인터뷰를 통해 구속된 형님을 걱정하고 경찰과 시 당국을 비난했다.

그 사이에 라면은 다 불어터졌다. 동우는 몇 가닥을 들어 올리다 말고 젓가락을 놓는다. 그릇을 밀쳐놓은 채로 한참 동안 멍하니 앉아 있다. 휴대전화를 만지작거리다가 연우에게 문자 메시지를 넣는다. 어, 시간이 벌써 이렇게, 두시까지 출근인데…… 동우는 와다닥 일어나 옷을 걸친다.

어제부터 사장이 보이지 않는다. 가끔씩 자리를 비우기도 하니까 그러려니 할 수도 있었다. 하지만 지금 동우는 몹시 초조하다. 오늘은 일을 시작한 지 한 달, 드디어 월급을 받는 날이기 때문이다. 동우는 세차 기계를 빠져나온 승용차를 같이 닦으며 아줌마에게 물어보고, 카드를 긁으며 진석이에게도 사장이 어디에 갔는지 물어보았다. 속내를 들킬까 봐 대수롭지 않게 말해서 그런지 돌아오는 대답도 시큰둥, 알게 뭐냐는 식이다.

해거름이 되어도 사장은 코빼기도 비추지 않는다. 동우는 기분이 자꾸 더러워진다. 그동안 잘해준 것을 생각하면 그럴 리 없다고 생각하면서도 사장이 의심스럽다. 속이 타고 일에 집중이 안 되어 경유 주유구에 휘발유 주유총을 들이댈 뻔하기도 했다. 그대로 휘발유를 넣었다면 어떻게 되었을지 아찔하다.

오늘따라 주유는 물론 세차 손님까지 뜸하다. 사무실에 앉아 있기 갑갑하다. 월급을 받으면 창미에게 그럴듯한 선물부터 하려고 했는데 사장은 도대체 어디로 사라진 것인지, 이러다가 돈을 못 받는 게 아닌지 걱정된다. 내 일 실컷 해놓고 목을 빼고 돈을 기다려야 하는 것이 이렇게 초조한 일인 줄 몰랐다. 그런데 이런 노릇을 아버지는 일 년 넘게 하고 있다니, 새삼 동우의 입안에 쓴물이 고인다.

밖으로 나와 빈 의자에 앉는다. 그러고 있자니 어머니를 하염없이 기다리던 어린 시절로 돌아간 것 같다. 할머니 집에서 지낼 때 동우는 주말에나 오는 엄마를 날이면 날마다 기다렸다. 지금과 같은 저물녘, 대문 앞에서였다. 연우를 업고 높은 계단을 타박타박 오르던 어머니는 그런 동우가 반갑고 측은해 속울음도 많았다 했다. 어머니에게 들은 얘기가 기억으로 굳은 것인지는 몰라도 이렇게 멍하니 앉아 있으니 마치 스스로 떠올리는 기억처럼 생생했다. 집 앞에서 큰길까지 이어지던 꼬물꼬물한 골목길, 병뚜껑과 호박잎으로 벌이던 소꿉놀이, 맨발로 뛰어다니던 이끼 덮인 시멘트…… 동우야, 연우 반쪽 동우야…… 식구들이 오는 신호는 돌계단 아래에서 올라오는 동세 형의 목소리에서부터 시작했다. 형의 목소리가 들리면 동우는 벌떡 일어나 고개를 잔뜩 빼고 저 아래를 바라보았다. 발이 근질거려도 절대 달려가지 않았다. 혼자 떨어져 지냈다는 소외감이 그때 가장 절실하기 때문이었다. 이상한 쌤통은 어머니의 얼굴을 보면 더해져서, 목 빠져라 기다린 건 아랑곳없이, 쌩하니 대문 안으로 들어가곤 했다. 그러면 형이 동우의 팔을 끌고 밖으로 이끌었다. 둘이서 이 골목 저 골목 휘젓고 다니다 보면 저절로 기분이 풀어졌다.

그런데 형이 죽은 날짜도 까먹고…… 동우는 아침의 회한이 다시 몰려와 입이 쓰다. 하얗게 질리던 어머니의 얼굴도 떠오른다. 기일을 기억하고 월급의 일부라도 받아내어 어머니에게 드렸으면 좋았을 터였다. 벼엉신, 동우는 제 머리를 다시 벽에 박고 싶은 심정이다.

다시 연우에게 문자 메시지를 보낸다.

— 오늘 알지? 6시 시청 앞으로 와라.

이번에는 웬일인지 금방 답이 온다.

— 바빠, 야자에 못 빠져.

단호하다. 동우는 다시 메시지를 보낸다.

— 우리만 빠져서 되겠냐.

──안 돼, 공부해야 해.

──제기랄, 그놈의 공부? 아버지가 누구 때문에 그러는데, 아버지 체면도 있을 거 아냐.

──언제부터 그렇게 효자였어? 너나 가서.

동우는 열이 치솟아 자리에서 벌떡 일어나고 만다. 앞에 있다면 뭐 이런 게 있냐고 몇 대 갈기고 싶다.

쩌르르르, 쩌르르르, 휴대전화가 울린다. 그럼 그렇지, 저도 너무했구나 싶은 게지. 동우는 그새 마음이 녹아 폴더를 연다.

"나야."

연우가 아니라 창미다.

"이 시간에 웬일로…… 수업 시간 아니야?"

"오늘 밤에 약속 없지?"

낫낫하고 다정한 평소의 말투가 아니다. 동우는 바짝 긴장하여 전화기를 바꿔 든다. 창미만큼 잘해주는 사람이 없는데, 늘 불안한 이유를 모르겠다. 진석이 말처럼 자신감이 없어서일까? 그런 것 같기도 하고 아닌 것 같기도 하다. 창미 표정이 조금이라도 바뀌면 헤어지자는 말을 들을까 봐 덜컥 겁부터 난다. 그래서 더 까칠하게 대하는 것인지도 모르겠다.

"나중에 어디로 가야 할지 몰라. 전화하면 일하는 중이더라도 와야 해."

"왜 항상 네 맘대로야?"

"또 화난 거야? 사랑싸움은 나중에 하자. 연우와 관계있는 일이

라는 것만 알아둬. 화장실에서 거는 전화라 오래 못해. 나중에 다시
연락할게."

　야, 사람 궁금하게 해놓고 이러면 어떡해? 여보세요? 여보세요?
동우의 말이 시작되기도 전에 전화가 끊기고 만다. 다시 걸었지만
전원이 꺼졌다는 멘트만 흐른다. 창미의 목소리가 다시 귀에 쟁쟁
거린다. 조금 떨리는 목소리, 뭔가 쫓긴다는 느낌이 뒤늦게사 든다.
게다가 연우라니? 조금 전에 속을 있는 대로 뒤집어놓고 갑자기 일
이라니…… 월급날이라고 기대했던 하루가 왜 이렇게 꼬이는지 모
르겠다. 승용차 한 대가 미끄러지듯 안으로 들어와도 몸이 말을 듣
지 않는다. 어서 오시라는 인사를 외치며 일어서야 하는데 의자에
몸이 붙어버렸다. 사무실에서 나온 진석이가 주유박스 쪽으로 뛰어
간다. 녀석은 그 짧은 동안에도 세워둔 오토바이를 친근하게 툭툭
친다. 동우는 진석이가 흘겨보는 것도 모르는 채 붙박여 있다.

같은 날, 어머니 명옥 씨

오래된 풍속화처럼 나물과 주전부리거리를 파는 노인들이 산사(山寺) 입구에 앉아 있다. 명옥 씨는 낡은 찜통에서 옥수수를 꺼내는 노파를 보고 걸음을 멈칫한다. 자그마한 몸피, 굽은 등, 쭈글쭈글한 얼굴, 시어른이 와 있는 줄 알았다. 에미 마음이 아프겠다. 너무 속상해 말고 잘 빌고 오너라…… 그 말이 아니었다면 아직도 방구석에 누워 있었을 것이다. 명옥 씨는 전화를 끊자마자 눈물을 거두고 욕실로 들어갔다. 지금 이러고 있을 때가 아니라는 생각이 명옥 씨를 씻게 하고 외출복을 입게 했다. 있었대도 같이 가자고는 안 했겠지만, 남편은 이미 나가고 없었다.

일주문부터 대웅전까지는 긴 숲길이다. 명옥 씨의 걸음이 휘청거린다. 간밤부터 지금까지 먹지도 잠들지도 못했으니 허공을 디디는 것만 같다. 그래도 명옥 씨는 마음속으로 아들을 부르며 한 발 한

발 내디딘다. 오직 자기만의 생각과 눈물에 갇혀 있으니 짙은 그늘을 느낄 새 없고, 오가는 사람도 눈에 들어오지 않는다.

동우와 큰소리치며 싸웠으면서도 명옥 씨는 동우가 나가자마자 남편을 드잡이했다. 부모 자격은 똑같을 텐데도 남편이 애들에게 손을 대는 건 용납이 안 되었다. 논리적으로 말이 안 된다고 해도 할 수 없었다. 명옥 씨는 내 새끼 왜 때리느냐고 남편을 닦달했다. 남편이 식탁에 앉으면 그러고도 밥이 들어가냐고 했고, 자리에 누우려고 하면 베개를 집어 던졌다. 정말 왜 이래? 남편이 명옥 씨를 노려보며 소리를 질렀다. 명옥 씨는 기다리던 순간이 온 것처럼 핏대를 올렸다. 동세 죽을 때 당신은 어디 있었나, 돌아서면 잊는 사람이 애비냐, 그동안 당신이 한 일이 뭐냐, 가장인 줄은 아냐…… 그 말이 그 말이라는 걸 모르지 않았다. 아무리 말해봤자 동세가 돌아오는 것도, 돈 한 푼 나오지 않는다는 것도 알고 있다. 그런데도 말을 멈출 수가 없었다. 할퀴기라도 하지 않는다면 무슨 일을 저지를지 스스로 불안했다. 서로 생채기를 내야만 동세에 대한 미안함을 조금이라도 덜 것 같아서일지도 몰랐다. 때려, 때리라고…… 남편의 손이 오르락내리락하는 걸 보며 명옥 씨는 얼굴을 들이대었다.

대웅전 마당이 단체 관광객으로 붐빈다. 명옥 씨는 숭어리가 빽빽한 수국 옆에서 한참 동안 지칫거린다. 웃고 떠드는 저들이 별세계 사람들 같아 선뜻 걸음이 떼어지지 않는다. 삼층 석탑 주위에 몰려 설명을 듣는 여자들, 약수를 마시는 남자들, 연못 한가운데를 겨냥해 동전을 던지는 청년들…… 명옥 씨는 망연히 서 있다. 주변의

홀깃거림도, 여자애 하나가 울 듯 말 듯 제 엄마 품으로 달려드는 것도 모른다.

대웅전 주위와 달리 극락전 앞 좁은 마당은 고즈넉하다. 죽음의 공간답다. 삶과 죽음의 거리가 고작 몇 걸음이라니…… 명옥 씨는 오른쪽 곁문으로 안을 들여다본다. 관세음보살과 대세지보살의 호위를 받는 아미타불이 버티고 있을 뿐 기도하는 스님이나 보살은 보이지 않는다. 후우, 명옥 씨는 숨을 내쉰 다음 합장한다. 신발을 벗고 가만가만 안으로 들어가서 아미타불 앞에 선다. 가져온 쌀을 올리고 절을 한다. 관세음보살 아래쪽에 놓인 위패 더미를 하나하나 살핀다. 이윽고 떨리는 손이 동세의 위패에 머문다. ……미안하다, 미안하다. 음식을 차리지 못했구나, 스님의 독경 소리도 없어. 미안하다, 미안하다…… 명옥 씨는 동세를 부르며 절을 반복한다. 다리가 후들거리고 참았던 눈물이 볼을 타고 흐른다. 껵껵, 울음소리가 목울대를 타고 올라온다.

얼마나 시간이 흘렀을까? 여전히 사람의 기척은 없다. 명옥 씨는 부모를 잘못 만난 슬픈 이름을 끌어내려 바닥에 같이 주저앉는다. 위패에 앉은 먼지를 손바닥으로 닦아낸다. 외롭지? 날 불러줘. 나도 가고 싶어…… 명옥 씨는 동세가 앞에 있기라도 하듯 중얼거린다. 하도 쓸어내려 반지르르해진 위패를 가슴에 안고 다시 마른 눈물을 흘린다.

명옥 씨가 탄 버스가 멈춘다. 바로 보이는 쪽은 강변이고, 반대편으로는 아파트 모델하우스와 상점이 늘어서 있다. 아저씨, 어디 사고났어요? 뒤편에 앉은 중년 여자가 말한다. 저 앞에서 또 데모요. 제길, 날마다 하는 일, 지겹지도 않나? 기사의 말을 어느 승객이 받는다. 거, 아저씨도 운전하시면서 그런 말씀 하시면 안 되지요. 일행인 듯한 다른 남자도 거든다. 그럼요. 시민들도 다 참잖아요. 가난한 사람들 눈물 빼면 제 눈에서도 피눈물 난다는 걸 알아야지. 피눈물? 텔레비전 보니까 잡혀 들어가도 얼굴은 당당하기만 하더라. 그래도 속으로는 똥줄이 당기겠지. 주식을 노조에 양도한대잖아…… 아참, 오늘 갈 거예요? 선명하게 들리는 말이다. 명옥 씨는 자기에게 하는 말인 줄 알고 퍼뜩 뒤돌아본다. 안면이 전혀 없는, 젊은 여자들끼리 나누는 대화다. 아무렴, 가야지. 내가 편지를 읽기로 했잖아. 후, 밤새도록 썼네. 글솜씨 좋은 형님이 왜요? 라디오에 사연 보내서 세탁기도 탔잖아요. 이번에도 상 받는 거 아니에요? 아이 참, 그게 언제 적 이야기라고. 근데 오늘은 제대로 읽게 될지 모르겠어. 애들 아빠가…… 에구구 벌써 우시는 거예요…… 명옥 씨는 그들이 먼저 눈길을 피할 때까지 망연히 바라본다.

그 사이에 차선 하나를 메운 시위 행렬이 모습을 드러낸다. 아따, 이백 명쯤 모였겠다. 웬걸요, 삼백은 되겠는데요. 명옥 씨는 눈을 찡그리며 밖을 바라본다. 오래 울어서 그런지 눈이 따갑다. 즐비한 깃발 뒤로 붉은 조끼들이 길게 줄지어 있다. 텔레비전으로만 봤지 실제로는 처음이다. 마이크를 잡은 선동대의 목소리가 우렁차다. 방송과는 달리 꽹과리나 북은 보이지 않는다.

― 하루의 시작을 열어라. 하루의 끝을 닫아라. 세상의 끝과 시작
은 버스 노동자의 삶이라……

오소소 소름이 돋는다. 한꺼번에 부르는 노래가 날카로운 바늘이
되어 살갗을 찌른다. 명옥 씨는 무엇에 홀린 듯이 시위대에 집중한
다. 길 가던 행인들도 걸음을 멈춘다. 붉은 조끼에게 유인물을 받거
나 박수를 친다. 먹을 것을 건네는 사람도 있다. 명옥 씨는 그런 모
습들이 의아하다. 버스 승객들도 마찬가지다. 당장 중요한 일을 놓
칠 수 있고 약속 시간에 닿지 못할 수도 있는데 시위대를 욕하는 사
람이 없다. 왜 이렇게 너그러운지, 묻고 싶은 심정이다. 그동안 남
편을 파업 한가운데 두면서도 한 번도 생각하지 않았던 문제다. 새
삼스런 각성에 명옥 씨는 다시금 멍해진다.

시위대가 걷고 있는 차도에서 열기가 피어오른다. 아스팔트가 눅
진눅진, 콜타르마저 녹아내리는 것 같다. 신발 밑창이 떡떡 붙는 느
낌일 것이다. 명옥 씨는 남편을 찾아 창밖을 두리번거린다. 하나같
이 새까만 얼굴에 너나없이 땀을 흘린다. 똑같은 조끼까지 입어 누
가 누군지 구별하기 어렵다. 처음 남편이 시위에 합류할 때만 하더
라도 명옥 씨는 며칠 못 가겠거니 생각했다. 정치, 사회, 경제에 한
결같이 보수 성향인 남편은 데모를 볼 때마다 부정적이었다. 쯧쯧,
저런다고 바뀌나, 배부른 것들, 여유 있는 놈들이나 하는 짓이
지…… 그랬던 남편이 점점 시위에 깊이 빠져들었다. 뉴스를 보면
서도 참견이 많아졌고 지역 방송 아나운서의 말에 예민하게 반응했
다. 동우 말로는 인터넷을 켜서도 어느 교수와 선생, 어느 조합원의

블로그를 본다고 했다. 텔레비전을 보거나 밥을 먹다가 풍물 장단을 두드리기도 했다. 그럴 때면 얼굴이 환하게 펴지곤 했는데 놀이에 빠진 어린 동우처럼 보였다. 그때 아이들과 장난치며 놀던 남편의 모습이 저러했나 싶기도 했다. 오래전에 잊은, 명옥 씨로서는 낯선 모습이었다.

대열이 흩어지고 있다. 노란색 유니폼을 입은 남자들이 생수를 나눠주기 때문이다. 널따랗게 자리 잡은 저쪽 주유소에서 나온 모양이다. 명옥 씨는 드디어 남편을 발견한다. 남편은 오일호로 불린다는, 언젠가 명옥 씨도 만난 적이 있는 남자와 같이 생수를 받는 중이다. 검고 번들거리는 얼굴이 어쩐지 낯설다. 한때 숱이 많아 감당이 안 된다던 머리카락도 이마가 멀리 달아날 정도로 듬성하고 푸석하다. 불과 몇 시간 전에 죽네사네 싸웠으면서도 쳐다보자니 안타깝다. 생수를 들고 시위대로 돌아가던 남편이 갑자기 돌아선다. 딱 멈춘 걸음에 표정도 대번에 굳어진다. 들켰나 싶어 명옥 씨는 얼른 고개를 숙인다. 한참 만에 다시 밖을 바라보았을 때 남편은 사라지고 없다. 그가 속해 있을 선두 행렬은 저만치 달아나고, 느슨하게 걷고 있는 시위대의 꽁무니만 보인다.

햇살은 숙어지지 않는데 손목시계는 다섯시를 가리키고 있다. 명옥 씨는 그늘진 대문 앞에 펄썩 주저앉는다. 집에 다 왔다고 생각하니 열쇠를 꽂을 기운조차 없다. 머리가 아프고 눈앞이 어지럽다. 집까지 어떻게 왔는지 모를 지경이다.

속이 쓰리고 입이 바짝바짝 탄다. 맥주나 막걸리를 들이켜면 정신을 차릴 수 있을 것만 같다. 하지만 버스비를 뺀 나머지 돈은 모두 '복전함'으로 들어갔다. 몇천 원에 불과하지만 그마저도 비어버린 지갑을 보니 새삼 초라한 기분이 든다.

어느새 왔는지 집배원이 말을 건다. 이층에 산다고 하니 주인집 것은 편지함에 넣고 남편 앞으로 온 것들은 명옥 씨에게 건넨다. 전기세와 휴대전화 사용료, 연체 대금 독촉장과 보험해지 통보서……

그중에 남편 이름이 적힌 카드 대금 청구서가 눈에 들어온다. 연체 이자까지 해서 갚아야 할 돈이 오십만 원이 넘는다. 대번에 열이 뻗친다. 몇 달 동안 용돈을 제대로 준 적 없고 잠시만 움직여도 돈이 있어야 한다는 걸 모르는 바 아니나 명옥 씨는 그 아주 조금의 생각조차 하기 싫다. 아무리 부부 사이라 할지라도 내 마음이 여유로울 때에야 이해나 배려가 생기는 법이다. 가난한 동네에 싸움이 그치지 않는다고, 동전까지 세면서 하루하루를 버티는 명옥 씨에게 남편은 가장 가깝고 손쉬운 화풀이 대상이었다. 나날이 원망이 늘고 싸움이 잦아졌다. 서로를 증오하는 시점까지 가게 될지 모른다. 명옥 씨는 차라리 그날이 오면 좋겠다는 생각마저 한다. 그렇게 되면 편안한 곳으로 갈 수 있을 것 같다. 남겨진 가족의 슬픔 따위는 알 바 아니다.

열쇠를 주섬주섬 챙겨 일어서는데 휴대전화가 울린다. 진숙이다.

"좀 쉬었어? 일어났겠다 싶어 전화한 거야. 설마 계속 울고 있었던 건 아니겠지?"

"……절에 다녀왔어."

"웬 뜸을 그렇게 들여? 내가 궂은소리 할까 봐? 꽁하기는……
미안해. 보내놓고 한동안 마음이 짠했어. 돈이 수월찮게 들었을 텐
데 보태주지도 못했다."

진숙의 말에 접질리듯 무릎이 꺾인다. 쪼그리고 앉으며 명옥 씨
가 말한다.

"별 소리를…… 내 걱정해서 하는 말인데 뭘……"

"애들은 학교 갔을 게고. 모처럼 둘이서 오붓했겠다. 나도 느끼
는 바지만 힘들수록 부부밖에 없다더라. 잘해줘라. ……집회 갔다
가 천천히 와. 여기 걱정은 말고."

친구는 할 말을 한꺼번에 쏟아놓는다. 명옥 씨는 건성으로 대답
하고 전화를 끊는다. 길바닥으로 떨어진 우편물들을 줍는다. 진숙
에게는 말하지 않았지만 집회에 갈 생각은 애초부터 없었다.

거실 바닥에 냄비와 김치 종지가 그대로 널브러져 있다. 텔레비
전도 켜놓은 채로다. 낮에 누가 뒷손없이 다녀간 모양이다. 밥그릇
의 밥이 움푹 파인 걸로 봐서는 동우일 것 같다. 무엇이 급했는지
면발이며 밥알이 불어터진 채로 남아 있다. 명옥 씨는 제각각 흩어
져 있는 수저와 그릇을 챙겨 부엌으로 들어간다. 김치 종지 뚜껑을
덮으려다 말고 냉장고에서 소주를 꺼낸다. 선 채로 한 모금을 마신
다. 차고 쩌릿한 기운이 입에서 목으로, 가슴에서 배로 죽 내려간
다. 손으로 김치 한 조각을 집어 먹는다. 남은 술을 찬장에 넣으려
다 말고 다시 한 모금 마신다. 후우, 긴 숨을 토한다. 이제야 비로
소 살 수 있을 것 같다.

거실 벽을 등지고 앉자 눈꺼풀이 저절로 내려앉는다. 그러고 보니 야근을 하고도 자지 못했다. 명옥 씨는 몸을 옹그리며 그대로 눕는다. 텔레비전에서 나오는 빛이 어두워지는 거실을 얼른거리게 만들지만 일어날 기운이 없다. 리모컨도 멀리 떨어져 있다. 명옥 씨는 새우처럼 몸을 구부리고 눈을 감는다.

작은 암자, 거대한 아미타불, 제 위패를 들고 선 동세, 점점 작아지는 여자, 울고 있는 여자, 흔들리는 촛불, 흩어지는 쌀…… 으으으, 명옥 씨는 다가오는 동세를 향해 팔을 벌리지만 좀처럼 거리가 좁혀지지 않는다. 마음은 앞으로 향하는데 자꾸만 뒷걸음질이다. 꿈이구나, 라는 생각을 꿈속에서 한다. 꿈에 너를 만나는구나…… 꿈 밖의 명옥 씨가 중얼거린다.

꿈과 현실을 오락가락하다가 명옥 씨는 어느 순간 눈을 뜬다. 잠깐 졸았나 싶은데 주위가 캄캄하다. 명옥 씨는 꿈을 깬 게 아쉬워 다시 눈을 감아본다. 한번 안아나 주지…… 하지만 동세의 몸은 다시 나타나지 않는다. 텔레비전에서 두런거리는 소리, 깔깔거리는 소리, 낮은 음성, 다급하고 화난 목소리가 제각각 굴러갈 뿐이다. 명옥 씨는 무거운 몸을 일으켜 형광등을 켠다. 갑자기 밝아진 주위가 생경스럽다. 리모컨을 찾아 들고 텔레비전 앞에 선다. 성능이 시원찮아서 정면에서 작동하지 않으면 제대로 먹히지 않기 때문이다.

리모컨을 누르다 말고 명옥 씨는 화면을 본다. 남편이다. 붉은 조끼와 갑옷이 뒤엉킨 사이로 남편이 보인다. 갑옷 하나가 남편의 다리를 꺾는다. 넘어지는 남편에게 곤봉을 내리친다. 남편의 이마가 터져 피가 흐른다. 붉은 조끼가 더 달려들고 갑옷도 여럿 붙어서 바닥으로 뒹군다. 그 속의 익숙한 얼굴, 동우가 분명하다. 비틀거리며 일어서는 동우에게 젊은 여자가 달려든다. 최혜진 선생님! 텔레비전 밖의 명옥 씨가 외친다. 그 사이 동우는 다시 갑옷에게 주먹을 날리고 최 선생은 팔을 벌려 동우 앞에 선다. 뒤편에는 여전히 남편이 쓰러져 있다. 피를 보자 명옥 씨는 눈앞이 아찔하다. 쓰러져 있는 모습이 영락없이 동세다.

안 돼! 명옥 씨가 소리친다. 동우야, 여보…… 속에서부터 울음이 솟구친다. 동우야, 아버지 일으켜. 명옥 씨는 그 안으로 들어갈 듯 텔레비전을 부여잡고 중얼거린다. 안 돼, 내가 가야지. 내가 갈게. 마음은 이미 열 번 스무 번 현장으로 떠났는데 몸이 말을 듣지 않는다. 머릿속이 하얗다. 맴만 돌던 명옥 씨는 눈을 부릅뜬다. 사방 벽이 오르락내리락, 길어졌다 좁아졌다 제멋대로다.

명옥 씨는 현관에다 눈을 고정한 채 용을 쓰며 기어간다. 신발을 꿰신고 걸쇠를 풀려는데 갑자기 갈비뼈가 부서지는 것같이 아프다. 명옥 씨는 옆구리에 손을 댄 채 그 자리에 쓰러지고 만다. 누군가 날카로운 칼로 생살을 저미는 것 같다. 악…… 아악, 죽……을……거……같……아.

명옥 씨의 말은 입속에 갇히고 몸이 데굴데굴 구른다. 간신히 휴대전화를 찾아 손가락이 가는 대로 버튼을 누른다. 명옥아, 왜? 진숙이의 목소리가 들린다. 살……살……려……줘…… 명옥 씨가 간신히 입을 연다. 명옥아, 명옥아…… 진숙의 목소리가 가물가물

멀어진다. 명옥씨는 가까스로 일어나보지만 다시 휘청거린다. 다리가 꺾이며 현관 알루미늄 새시에 얼굴을 박고 만다. 이마와 입에서 피가 계속 흐른다. 의식이 점점 흐릿해지더니 일순, 암전이다.

같은 날, 아버지 종술 씨

억지 시비를 걸던 아내가 방으로 들어가버린다. 문틈으로 구부정하게 누운 아내의 등이 보인다. 몇 시간 자려고 들어온 집이지만 싸우고 나니 잠시라도 있기 싫다. 동세 기일을 잊었으니 미안하고 부끄럽다. 하지만 아내가 몰아붙이는 데에는 나름대로 할 말이 있다. 일하고 싶어도 일할 수 없는 상황이고, 밀린 월급이라도 받으려면 파업에 매달려야 한다. 혼자 잘 먹고 잘 살자는 게 아닌데 가장이 뭐 하나 하니 질리지 않을 수 없다. 종술 씨는 옷만 대충 갈아입고 밖으로 나간다. 요즘 같으면 집보다 천막 농성장이 편하다. 넉넉하진 않지만 어디선가 조달되는 먹을거리가 있고 같이 싸우는 동지들이 있다. 물론 그들 중에도 잘난 척하거나 성질을 부리는 몽니쟁이, 저만 챙기는 꼴불견이 더러 있긴 하다. 하지만 사장이라는 공통의 적이 있으니 크게 문제될 건 없다. 상황이 바쁘고 급격하게 돌아가는 것은 아니었지만 그래도 자잘한 변화가 이야깃거리를 만드니 현장에 있어야 마음이 편했다. 찾거나 갈 만한 다른 곳이 있는 것도 아니니 저절로 열성 조합원들이 되는 것이다.

오늘도 조합원 가족이 나와서 국밥을 끓여준다. 뜨거운 국물을 삼키고 있자니 다시 한 번 아내에게 섭섭하다. 어쩜 그렇게 무관심할 줄이야…… 생각해보면 동우나 연우도 마찬가지다. 따뜻한 말 한마디 들어본 기억이 없다. 종술 씨는 깔깔한 입속으로 밥을 밀어넣는다. 그래도 오늘은 나와주겠지, 오늘은…… 종술 씨는 한 가닥 소원으로 스스로를 다독이며 비워낸 그릇들을 씻는다.

문화부장이 가두 행진 안내를 한다. 오늘은 시외버스터미널, ○○전문대를 거쳐 시청 앞으로 움직인다고 한다. 가족문화제 행사로 곧바로 연결되는 일정이다. 종술 씨는 깃발을 든 구칠호, 오일호와 나란히 B조의 선두에 선다. 강을 따라 죽 이어지는 길을 걷다 보니 가족 생각으로 우울했던 마음이 걷히고 새로운 힘이 솟는다. 삼백 명 넘겠지? 사오백은 되어 보이는데? 구칠호와 오일호의 말을 들으며 종술 씨도 뒤를 돌아다본다. 어제의 성과 때문인지 근래 들어 가장 많이 모였다. 마이크를 잡은 선동대의 목소리도 힘이 넘친다.

사장 구속이 텔레비전에 계속 방영되어서인지 시민들 반응이 좋다. 인도에 늘어서서 유인물을 받거나 박수를 치는 사람이 많다. 간혹 생수나 빵을 건네기도 한다. 시위대도 예전과 달리 대열을 흩뜨리지 않는다. 매번 뒤쪽에서부터 뭉텅뭉텅 이탈하던 조합원들이 오늘은 자리를 지키고 있기 때문이다.

―하루의 시작을 열어라. 하루의 끝을 닫아라. 세상의 끝과 시작
은 버스 노동자의 삶이라……

종술 씨는 스피커에서 흘러나오는 노래를 따라 부른다. 피부가
떨리고 목젖이 울리고 콧등까지 시큰해진다. 주먹을 힘주어 뻗어
올리며 가사를 새김질한다. 그러자 가슴속의 응어리가 고물고물 풀
리면서 승리가 손에 잡히는 것만 같다. 다음에 이어지는 건 구호 제
창, 종술 씨는 문화부장의 선창을 큰 목소리로 따라한다. 고개를 돌
리다가 옆 사람과 눈이 마주친다. 그 순간만큼은 남이 아니라 내 몸
처럼 여겨지니 동료가 아니라 동지가 되는 순간이다. 이렇게 처지
가 똑같은 사람들이 모여 뭔가 요구할 수 있다는 것은 새로운 경험
이다.

대열 뒤쪽이 소란스럽다. 유니폼을 입은 남자 몇이 나와서 생수
를 나누어주기 때문이다. 우리도 받으러 가자, 오일호가 종술 씨 어
깨를 툭 친다. 그는 오일호를 좇아 뒤쪽으로 이동하다가 멈칫, 걸음
을 멈춘다. 생수 박스를 들고 막 몸을 돌리는 사람과 눈이 마주쳤기
때문이다. 느낌 때문인가, 그쪽에서도 낯빛을 바꾸며 황급히 돌아
서는 것 같다. 종술 씨는 대열에서 빠져나와 다급하게 손짓을 한다.
하지만 그쪽은 이미 주유소로 달려가는 중이다. 동우지? 동우가 맞
지? 종술 씨는 혼자 중얼거린다. 아니야, 쟤가 여기 이 시간에 왜?
아닐 거야. 내가 잘못 본 거야, 아니지, 분명히 봤는데, 맞는데……

종술 씨는 대열에 합류하고서도 한동안 우두망찰한다. 구호를 놓
치고 걸음을 헛디딘다. 아무래도 확인해봐야겠어, 종술 씨는 갓길

로 빠진다. 주유소 쪽으로 뛰려는데 호주머니에 든 휴대전화가 울린다. 오랜만에 들어보는 영팔 형님의 음성이다. 안부를 묻는 서로의 목소리가 한꺼번에 내지르는 구호에 묻혀서 희미하게 전달된다. 가까스로 만날 시간과 장소를 약속하고 전화를 끊는다.

오일호가 종술 씨를 부른다. 사고라도 생겼는지 손짓이 다급하다. 종술 씨는 주유소를 등지고 대열 속으로 뛰어간다. ……단상을 설치하다가 몸싸움이 벌어졌대. 저쪽에서 동원한 인간들이 자기네 자리라고 버티나 봐. 나쁜 놈들, 어이, 문화부장, 자네는 여기 인솔하고 우리 몇이라도 먼저 갈게. 빨리 택시 잡자…… 종술 씨는 오일호 일행을 따라 급히 이동한다.

저녁 여섯시, 길놀이를 시작으로 가족문화제의 막이 열린다. 종술 씨가 속한 풍물패는 시청 광장을 두 바퀴 돌아 단상 아래에 모여 앉는다. 광장 왼편에 사측에서 만든 단상이 세워진 바람에 모양새가 우습게 되어버렸지만 일단 기세는 제압한 느낌이다. 저쪽도 가족들이 모이는지 사람들이 이쪽, 저쪽을 번갈아보며 설 곳을 찾는다. 그들도 상황을 짐작하는지 결의에 찬 표정들이다. 재밌겠는 걸, 상쇠가 눈을 번들거리더니 꽹과리를 딱, 딱, 딱 친다. 그것을 신호로 풍물패는 비스듬히 앉은 자세로 입장단을 같이 맞추고 천천히 채를 놀린다. 박자가 점점 빨라지면서 종술 씨는 연주에 몰입한다. 장구의 북편과 채편을 번갈아 칠 때는 왼손이 보이지 않을 정도로 속도가 붙는다. 생각이 사라지고 손동작만 남는 지점이다. 표정이 완전히 풀어지며 얼굴 가득 환한 미소가 그려지는 순간이기도 하다. 이윽고 채를 던지며 마무리를 하자 큰 박수가 터진다. 다시 현실로 돌아온 종술 씨는 모여드는 사람들의 얼굴을 훑어본다. 박수 받는 자신을 봐주면 좋으련만 아내와 아이들은 아직 보이지 않는다.

식이 시작된다. 국민의례는 간단한데 위원장의 인사말에 이어 범시민 대책 위원회에 위촉된 회장단 소개, 민노총 산별 노조 위원장들의 격려사, 부위원장의 경과보고 등이 길게 이어진다. 종술 씨는 저렇게 많은 조직이 동원되어야 하나 의문을 품는 한편 아내와 연우, 동우의 모습을 찾기에 분주하다. 그런데 기다리는 식구들은 보이지 않고 동우의 작년 담임이 눈에 들어온다. 동세가 죽었을 때 아내 옆을 오래도록 지켜준 사람이었다. 저분이 어떻게? 종술 씨는 의아해하면서도 고마운 마음에 시선을 비끄러맨다. 드디어 그쪽에서도 이편을 바라본다. 종술 씨는 환하게 웃으며 고개를 몇 번이고 주억거린다. 선생도 다소곳하게 머리를 숙인다.

이제 광장은 젊거나 늙은 여자들, 어린이와 청소년, 할머니와 할아버지들이 뒤섞여 마치 무슨 놀이마당처럼 보인다. 노래패의 공연에 이어 파업자 가족들이 단상으로 올라와 신상 발언을 한다. 자기소개를 장황하게 하는 노인, 노래를 부르는 아이, 편지를 읽는 아주머니, 구호를 외치는 청년…… 조합원의 아버지, 아들, 아내, 형님들이 저마다의 빛깔로 무대를 채운다. 사측에서 동원한 집회 팀에서 외치는 구호 때문에 방해를 받긴 해도 자잘한 웃음과 연이은 박수 소리로 분위기는 화기애애하다.

다음 순서 여학생을 보며 종술 씨는 잠시 놀란다. 하지만 같은 교복을 입었을 뿐 연우는 아니다. 저런 것까지 바라진 않아, 다만 참석만 해달라는 것인데…… 종술 씨는 마른침을 삼키며 여학생을 바라본다. 자신의 이름을 밝힌 그 애는 종이를 꺼내더니, 세상에서 가장 사랑하는 아빠께,라면서 서두를 연다. 편지글이다.

"인문계에 다니는 저로서는 비싼 책값, 비싼 공납금, 사사로운 모의고사비, 두 달 석 달 한꺼번에 나오는 급식비 등을 빨리 내지 않는다고 선생님께 따가운 눈초리를……"

야무진 말투다. 웅성거리던 사람들이 단상 위에 집중한다. 종술 씨는 눈을 슴벅인다. 여학생의 얼굴 위로 자꾸만 연우의 얼굴이 겹치기 때문이다. 그러잖아도 자존심이 센 아이가 얼마나 힘들었을까 싶다. 아침에 주지 못했던 돈이 가슴에 턱 걸리는 느낌이다.

"학교에 가기 싫다는 생각만 하게 되었습니다. 혹시 또 독촉장을 받지 않을까 불안하고 자연적으로 부모가 원망스럽고 회사가 원망……"

가느다란 체구에서 나오는 말이 살아 있는 그 무엇인 양 피부에 스멀거린다. 종술 씨는 눈시울이 붉어진 채 여학생에게서 눈을 떼지 않는다. 쟤가 누구 딸이지? 글쎄…… 종술 씨 집 아냐? 저 학교 다니잖아. 공부도 잘한다는데…… 소곤거리는 소리를 못 들은 척하고 있는데 궁금증을 못 참는 상쇠가 직접 물어온다. 종술 씨는 손사래를 친다. 무거운 마음을 들킬까 봐 단상을 향한 얼굴은 돌리지 않는다.

"파업이 시작되기 전부터 아빠는 적극적으로 언론에 알리며 시간과 돈과 몸과 마음, 모든 것을 투자했습니다. 전 그런 아버지가 자랑스러웠습니다. 그러면서도 시위에 참석해줄 수 있겠냐고 아버지가 물어올 때는 부끄러워 거절하고…… 당당하게 나서지 못하고 숨어서 지켜보기만 했습니다. 그 후로 가시방석에 앉은 것처럼…… 말로만 듣던 삭발식을 보면서도 제 자신에게 부끄럽고, 마음이 아프고 눈물이 나서……"

여학생이 잠시 말을 멈춘다. 눈물을 삼키는 것 같다. 보고 있는 종술 씨 몸에도 커다란 슬픔 덩어리가 매달리는 것만 같다. 파업은 가족을 힘들게 하지만, 가족을 뭉치게도 하는 모양이다. 종술 씨는 그 가족이 부러웠다.

"한때는 세상에서 제일 크고 듬직하고 강인하게만 보였는데, 그 후로 아빠가 무척 새까맣고 작게 보여……"

그 다음 말은 여학생의 눈물 때문에 이어지지 않는다. 관중들은 흐르는 눈물을 덮기라도 하듯 크게, 더 크게 박수 친다. 눈을 슴벅거리며 박수를 보태던 종술 씨의 손짓이 갑자기 멈춘다. 눈가를 훔치는 여자들 틈에서 식구들을 보았기 때문이다. 아…… 종술 씨는 눈을 크게 뜨고 그쪽에 눈길을 고정시킨다. 간절한 바람이 통했는지 동우와 눈이 마주친다. 동우가 무어라고 하니 그 옆에 있던 노인도 종술 씨를 바라본다. 어머니, 부르고 싶은 이름은 입안에 갇히고 대신 눈물 한 줄기가 종술 씨 볼을 타고 흐른다.

종술 씨는 차에서 내리며 다시 한 번 상호를 확인한다. 산사 아래에 늘어선 음식점들 중에서 가장 고급스러워 보인다. 저녁 시간으로는 조금 이르다 싶은 시각인데도 드나드는 사람이 많다. 잔디밭과 징검돌, 물레방아와 크고 작은 조각품들…… 집회 장소와는 완전히 다른, 별세계로 온 것 같다. 붉은 조끼가 신경 쓰인다. 주눅이 들다 보니 종업원들도 자기를 고깝게 보는 것 같다. 어리둥절해 있는 사이 잔디밭 건너편에 줄느런히 늘어선 방갈로의 문이 하나 열린다. 종술 씨는 영팔 형님을 알아보고 걸음을 옮긴다.

"어서 와라, 반갑다. 잘 지냈어?"

영팔 형님이 내미는 손을 잡으며 종술 씨는 너스레를 떤다.

"아따, 이런 데도 알아요? 제가 잘못 온 줄 알았어요."

맞잡은 손을 흔드는 동안 어색함과 낯설음이 조금씩 뒤로 물러난다. 마음이 느긋해지니 격식 있는 음식이 놓일 때마다 농담도 하게 된다. 오래 알아온 영팔 형님과 같이 있는 자리인 데다가 술이 분위기를 누그러뜨리기 때문이다.

급히 마셔서 그런지 취기가 돈다. 종술 씨는 시간이 몇 겹으로 내려앉은 듯한 영팔 형님의 얼굴을 안쓰럽게 바라본다. 영팔 형님도 마찬가지였는지 자꾸 종술 씨의 안색을 살핀다.

"……날 원망했지? 운행 차 몰다가 아예 회사를 그만두고 말았으니까 말이야."

"아이고, 무슨 말씀을…… 전들 무슨 생각이 있어서 이러는 겁니까. 권익 투쟁이니 노동자 세상이니 저는 그런 것 잘 모릅니다. 밥이

걸린 문제니까 어쩔 수 없이 버티고 있는 거죠. 어쩝니까, 최소한 먹고는 살아야 하니까…… 그나저나 형님은 어떻게 지내십니까?"

"신학기 때부터 사립 고등학교의 지입차를 하나 인수받기로 했네. 삼년 연식 버스를 그대로 물려받고 권리금은 별도로 지불하는 조건인데, 어제 결정이 났어."

종술 씨는 이야기보다 영팔 형님의 초조한 낯빛에 자꾸 신경이 쓰인다. 일종의 자기 사업이라는 뜻인데 시내버스만 몰아온 영팔 형님의 입장에서는 크나큰 도전이 아닐 수 없을 것이다.

"솔직히 겁이 나. 감가상각되는 차 값을 빼낼 수나 있을지 모르겠어."

축하한다는 말이 선뜻 나오지 않는다. 종술 씨는 영팔 형님의 걱정을 고스란히 공감하며 대꾸 없이 술을 권한다.

오리 훈제 요리가 끝나자 정갈한 밑반찬과 함께 밥이 나온다. 같은 된장찌개라도 천막 농성장에서 먹는 것보다 훨씬 맛있다. 이 정도면 엄청 나오겠는데, 종술 씨는 장난삼아 해보는 일인 것처럼 시부저기 메뉴판을 펴본다. 영팔 형님이 청한 자리지만 혼자 부담하기에는 큰돈이 될 듯싶다. 적은 액수라도 보태야지 마음먹는데 영팔 형님이 헛기침을 한다.

"밥값은 걱정 마. 내, 이런 말을 하기 껄끄럽긴 한데 ……사실은 전무님이 자네를 좀 보자고 했어. ……내 얼굴을 봐서 만나줄 수 있겠지?"

종술 씨는 여태껏 마셨던 술이 확 깨는 느낌이다.

"전, 전무님이 나를요? 설마, 그럼 영팔 형님도?"

회사측이 노조 간부를 매수하고 있다는 얘기를 천막 농성장에서 얼핏 들었다. 위원장은 대놓고 버스 한 대 날렸다는 말을 농지거리처럼 하기도 했다.

"원래부터 사측인 나에게 아쉬운 소리를 할 이유는 없잖은가. ……하도 부탁해서 만든 자리야. 여기까지가 내 역할이고 그분이 자네에게 무슨 말을 어떻게 할지는 모르겠어. 자네가 어떤 선택을 하든 그것 역시 내 알 바 아니고. ……미안하네."

영팔 형님이 전화를 하자 기다렸다는 듯 전무가 들어온다. 희멀 건 얼굴에 감색 양복을 입은, 오십 대쯤의 신사다. 종술 씨는 영팔 형님을 따라 엉거주춤 일어나다가 스스로 무색해진다. 나가야 한다고 마음먹으면서도 권하는 악수도 응하고 만다. 내가 지금 뭘 하고 있는 거야? 안 돼, 나가자…… 하지만 영팔 형님이 권하는 대로 다시 자리에 앉고 만다. 전무가 하는 말이 귀에 제대로 들어오지 않는다. 머릿속이 어지럽기만 하다. 종술 씨는 앞에 놓인 소주를 들었다가 다시 놓는다. 술을 마실 때가 아니라는 생각이 든다.

"……이러다가는 회사 자체가 망하고 말아. 그러면 모든 게 허사지. 일단 운행부터 재개해 회사부터 살려야 하지 않겠소. ……이 종술 씨를 따라 움직일 사람들이 많아. 차만 움직여주면 모두 대무 딱지를 떼주겠……"

마음이 쿵덕거려 더 이상 들을 수 없다. 더 들어서는 안 된다는 생각, 빨리 벗어나고 싶다는 생각만 든다. 종술 씨는 전무의 말을 듣다 말고 자리에서 벌떡 일어선다. 얼마나 긴장하고 있었는지 오금이 저린다. 다리를 풀려는 동안 따라 일어선 전무가 종술 씨의 조끼에 봉투를 찔러 넣는다. 순식간이다. 깜짝 놀란 종술 씨가 그것을 다시 돌려주려는데 전무는 황급히 밖으로 나간다.

뒤따라 나온 종술 씨는 주차장을 훑는다. 하지만 전무는 어디로 갔는지 보이지 않는다. 방갈로로 돌아오니 영팔 형님도 없다.

자기도 모르게 이마에 손이 간다. 그새 피딱지가 앉았지만 따끔거림은 여전하다. 현관문을 두드린다. 안에서는 아무 기척이 없다. 아내는 벌써 식당으로 갔나 보다. 사장이 친구라면 출근 시간 정도는 조절할 수 있지 않았을까? 기대가 지나친 것일까? 온몸이 욱신거리는 건 둘째 치고 씁쓸하고 서운한 마음이 가시지 않는다.

열쇠를 꺼내려 조끼 주머니에 손을 넣다가 종술 씨는 멈칫한다. 열쇠보다 먼저 봉투가 잡힌다. 자기도 모르게 화들짝 뒤로 물러난다. 열쇠를 꺼내긴 했지만 봉투에 닿았던 손이 화상이라도 입은 듯 쓰라리다. 종술 씨는, 도둑질하러 들어온 사람도 아니면서, 주위를 휘휘 둘러본 다음 열쇠를 꽂는다. 산사 입구에 차를 대고 한참 동안이나 서성대다가 들어왔는데도 봉투는 식을 줄을 몰랐다. 봉투에 무슨 온도가 있겠냐마는 그쪽이 계속 뜨거웠다.

어두컴컴한 거실에 들어서자 종술 씨는 조끼부터 벗어 저만치 던진다. 하지만 여전히 신경은 그쪽에 가 있다. 동세의 기일도 챙기지 못한다며 울부짖던 아내가 떠오른다. 아침에 저 돈이 있었으면 당장 내줬을 것 같다. 지금이라도 아내에게 줄까? 그럼 그 다음엔 어쩌자는 거야? 나뿐만 아니라 모두 정규직을 소원하지 않았나? 그 말을 믿는단 말인가…… 돈이 얼마 들었는지 슬쩍 보기만 할까? 보기만 한다고? 종술 씨는 머리를 흔든다. 가만히 앉아 있지 못하고 거실을 바장인다. 애써 눈길을 피하려고 하는데도 조끼에 자꾸 눈이 간다.

한참을 서성이던 종술 씨는 욕실로 들어선다. 땀에 절여진 옷을 벗고 찬물을 뒤집어쓴 다음 깨끗한 옷으로 갈아입는다. 그래도 생각은 오직 하나, 봉투뿐이다. 제길, 혼자 중얼거리던 종술 씨가 다시 욕실로 들어가 문을 잠근다. 샤워를 할 때도 열어두던 문이었다.

종술 씨는 빨랫감 앞에 쪼그리고 앉는다. 자신이 좀 전에 벗었던 옷과 아이들의 교복, 아내의 속옷에다 비누질을 한 다음 거품이 몽글몽글 일 때까지 손으로 비빈다. 비눗방울에 기름때가 무지개 빛깔로 어린다. 동우의 교복에서다. 그러자 오후에 보았던 장면이 다시 떠오른다. 얼핏 보긴 했지만 동우가 틀림없었다. 마음잡고 공부한다던 놈이 주유소 유니폼이라니…… 행사장에 와준 것은 고마운 노릇이나 단단히 족쳐야겠다고 생각한다. 다음은 아내의 속옷이다. 늘어난 목선과 나달나달해진 밑단을 보자 울컥 목이 멘다. 그동안 원망만 했지 아내의 마음이 어떤지에 대해서는 외면했다. 어떤 말이든 피하기부터 했고 말할 여건이 만들어질까 봐 아예 자리를 만들지 않았다. 종술 씨는 거듭 한숨을 쉰다. 점점 흐릿하게 보이는 비눗방울 위에 한 바가지 물을 끼얹는다. 붉어지는 눈가에도 물을 들이붓고 싶다는 생각과 함께.

빨래를 마치고 일어서는데 발이 저려 꼼짝할 수가 없다. 종술 씨는 코끝에 침을 바르면서 조금씩 다리를 움직인다. 아내가 하듯이 빨래를 욕조에 걸쳐둔 다음 거실로 나온다. 구석진 자리에 놓인 조끼에 다시 눈이 간다. 종술 씨는 애써 무시하고 냉장고 문을 연다. 흔들리는 마음을 소주에라도 비끄러매고 싶다.

김치 쪼가리를 놓고 막 한 잔을 마셨는가 싶은데 휴대전화가 울린다. 순간 온몸에 소름이 돋는다. 무의식적으로 조끼를 쳐다본다. 호주머니 속의 봉투, 그 속의 돈이 엑스레이 사진처럼 환하게 보이는 것 같다. 액정에 뜨는 번호가 낯설다. 두렵기조차 하다. 전화를 받을까 말까 하는 짧은 순간, 어울리지 않게 회사 사장이 생각난다. 봉투 하나에 이렇게 마음이 졸이는데 그 인간은 그렇게 많은 돈을 빼돌리고도 아무렇지도 않았을까? 과연 평범한 사람은 아니구나 싶다.

종술 씨는 떨리는 손길로 폴더를 연다. 그런데 전화기 저편이 소란스럽다. 일단 돈 봉투 문제는 아닌 것 같다. 종술 씨는 가슴을 쓸어내린다. 누구시냐고 반복하는 말도 한결 차분하다. 빠르고 높은 톤의 목소리, 아내의 친구인 진숙 씨다. 나쁜 예감에 종술 씨의 머리카락이 쭈뼛 선다. 아내가 정신을 잃고 쓰러졌다! 얼굴에 온통 피…… 구급차를 타고…… 전화를 받고 집으로 갔는데 그 모양이었어요. 미처 연락할 새도 없이 왔어요…… 가슴이 벌렁거려 더 이상 듣고 있을 수가 없다.

종술 씨는 병원 이름을 물으며 양말을 꺼내 신는다. 밖으로 나가
다가 다시 거실로 향한다. 신발을 신은 채로 조끼를 집어 든다. 그
러고 보니 현관 여기저기 핏자국이 어지럽다. 들어올 때는 왜 몰랐
을까? 종술 씨는 급히 현관문을 나선다. 동세의 사고 소식을 들은,
그날 같다.

같은 날, 창미

인문계 고등학교 교무실은 낮과 밤이 다른 옷을 입는다. 교사들과 학생들로 북적이던 곳에 밤이 찾아오면 컴퓨터와 책이 널브러진 책상들만 덩그렇다. 오늘따라 교무실은 더욱 한산하여 형광등의 반 이상이 꺼져 있다. 야간자율학습 감독 교사들은 춥든 덥든 복도를 지키는 게 원칙이고, 잠시 쉴 때도 같은 층 '학년실'로 들어간다. 이런 이유로 밤 교무실은 교사가 공부하거나 상담하기 좋은 장소가 되기도 한다. 창미는 조금 전에 담임을 따라 교무실로 내려왔다. 둘이만 있어 그런지 괴괴한 느낌마저 든다.

"오늘은 충격 연발탄이네. 민정이나 너나 왜 이러냐? 멀쩡한 애들이 말이야."

"민정이가요?"

"마음대로 되는 게 없다며 펑펑 울더라."

"결심을 굳혔대요?"

"아직은 고민 중인 거 같아. 나도 괴롭더라. 걔만큼 성실하고 열심인 애를 잡아두지 못한다면 학교나 선생이 문제지…… 그건 그렇고 네 말은 전달식을 다시 하자는 얘기냐?"

말끝에 짜증이 묻어난다. 기대했던 반응은 아니었지만 창미는 상글상글 웃어 보인다. 독기 오른 눈을 희번덕거리던 연우가 떠오르자 마음이 더욱 급해진다. 절박하고 절실한 일이니 어떻게든 담임의 마음을 돌려야 한다.

"선생님께서 그렇게 해주시면 너무 좋지요. 저뿐만 아니라 많은 애들이……"

"신혜를 도왔던 일을 생기부에 올려달라? 며칠 전에 끝난 얘기 아니었니? 다시 말하지만 특별히 실을 만한 항목이 없어. '특기상황'이나 '행동발달상황'을 기록할 때 언급하는 정도는 되겠지. 그건 담임 소관이니 나도 그렇게 해준다고 했잖아."

평소의 모습 같지 않게 신경질적인 반응이다. 무엇부터 꼬였는지 알 수가 없다. 이럴 때는 솔직하게 털어놓는 게 효과적이다.

"저 때문에 마음 상하신 건가요? 제가 뭔 잘못이라도……"

"너를 탓하자는 게 아니라 학생들이 생기부 운운하는 게 못마땅해. 생기부는 교사 권한인데 이런저런 내용을 담아달라고 하니 나로서는 씁쓸한 거지."

그런가? 우리는 그 종이 한 장으로 대학을 가야 하는데, 없던 일을 적어달라는 것도 아닌데 그렇게 무례한 일인가. 마음속에서 반발이 인다. 하지만 학생은 언제나 약자, 창미는 고개를 숙이고 죄송하다는 말부터 한다. 애들의 바람이 절실한 요구라면 담임의 씁쓸함 또한 진실일 테니까.

"모금 운동은 정말 뿌듯하고 자랑스러운 일이었어. 시작할 때만 해도 반응이 그렇게 뜨거울 줄 몰랐어. 신혜 속사정만 노출하는 게 아닌가 조심스러웠는데 웬걸, 너희들이 얼마나 적극적이던지……"

"그러니까요. 우리 모두 정말 열심히 했잖아요."

"그랬지. 내 직업이 뿌듯했던 것도 그때가 처음이었으니까. 그런데 너희들은 보이기 위해 그 일을 했어? 써먹기 위한 선행이었던 거야?"

"아니에요. 그 누구도 대가를 바라고 한 일이 아니라는 거, 선생님도 아시잖아요."

"알아. 그러니 창미야! 우리, 그 마음을 왜곡하지 말자."

창미는 잠시 생각에 잠긴다. 정말이지 모금 활동에는 아무런 사심이 없었다. 신혜가 입원한 병원을 여러 번 찾은 것도 마찬가지였다. 처음에는 미안한 마음이었고 나중에는 신혜와의 대화가 나쁘지 않았기 때문이었다. 단지 그뿐이었다. 대입을 위한 포트폴리오에 욕심이 있었다면 그때 소상하게 일지를 쓰고 사진을 찍었지, 지금에 와서 뒷북 치는 일 따위는 없을 것이다. 창미는 다시 마음을 가다듬고 전략을 바꾼다.

"선생님, 그럼 제 이야기로만 부탁드릴게요. 제가 성적으로 대학 가기는 어렵잖아요. 전교부회장이라는 간판, 그거 하나뿐인데 ▽▽

150

학교 수시는 반영하는 게 많다면서요. 상담할 때 선생님도 그러셨잖아요. 동아리 활동에 봉사시간도 많으니 리더십전형으로 밀고 나가자고요. 제가 간부라지만 학생회 활동으로 포트폴리오에 넣을 게 없어요."

"정 그렇다면 소감문을 하나 적으면 되잖아."

담임이 책을 끌어당긴다. 대화를 끝내자는 뜻이다. 창미는 초조한 마음으로 입술을 깨문다.

"억울……해서……요."

창미의 말끝이 떨린다 싶더니 눈물이 또르르 볼을 탄다. 마음보다 빠른 몸의 반응에 창미가 먼저 놀라고 담임도 당황하는 기색이다. 제 설움에 받친 창미가 다시 입을 연 건 눈물을 한 바가지 흘린 다음이다.

"이런 말 하면 절 치사한 애로 보겠지만요, 사실 전교회장은 한 일이 하나도 없어요. 일학년 때부터 '지역균형'으로 ○○대 보낼 애라고 대놓고 말씀하시는 분도 계셨어요. 작년에 러닝메이트 제안도 학년부장 선생님에게 받았는걸요. 제가 밴드부 보컬로 이름이 있는데다 워낙에 나서는 걸 좋아하니 붙인 거예요."

"뭐? 그걸 알면서도 출마했어?"

담임이 책을 덮으며 목소리를 높인다. 대화가 잘 풀릴 것 같다.

"하지만 저도 좋았어요. 지영이는 성적이며 배경이며, 빠지는 게 없는 애잖아요. 저도 부회장 자리가 절실했고요. 그런데 당선된 이후로 지영이는 학교 일에 손 놨어요. 저만 바빴단 말이에요. 그런데 교육감 표창 개가 받고, 모금액 전달할 때도 교장선생님과 개가 했어요. 신문에도 나고요. 얼마 전에 친구가 지영이 포트폴리오를 봤는데 수령증 사본이 있더래요. 신혜 엄마가 보낸 감사편지도요."

연우가 어떻게 문과반 일등 맞수인 지영이의 포트폴리오를 보게 되었는지 모르겠다. 어쨌든 연우는 그 일로 오랫동안 우울해했다. 처음에는 자기는 성적밖에 내놓을 게 없다며 신세 한탄을 하기에 그러려니 했다. 그러더니 어느 순간부터는 화살을 돌려 창미에게 역정을 냈다. 자기 밥그릇도 못 챙기는 바보! 너는 일만 실컷 하고 이용당한 거야. 지영이 스펙 쌓기에 동원되었단 말이야. 개는 순진한 척하면서 모든 계산을 다하고 있어. 그렇게 시작한 하소연이 시간이 지나갈수록 점점 거칠어졌다. 처음에 개가 부장 반에 갈 때부터 알아봐야 했어. ○○대학에 보내려고 작정을 한 거라고…… 우리 담임도 이상하지 않나? 신혜 말만 꺼내놓고 슬쩍 뒤로 빠졌잖아. 너한테 적극적으로 나서달라고 했다며? 그 이유가 뭐겠어? 모두 지영이 편인 거야. 개 아빠가 학교 운영위원장이니 그럴 수밖에. 넌 그것도 모르는 채 조종당한 거라고. ……음모! 그래, 음모야. 학교, 부장, 담임이 한통속이 되어 꾸민 짓이라고. 오직 지영이, 지영이를 위해서 말이야…… 개가 도대체 뭐라고…… 아무래도 지나친 상상이었다. 연우야, 그건 좀…… 하지만 창미는 말을 멈출 수밖에 없었다. 연우의 눈이 희번덕거렸기 때문이었다. 창미가 멈칫하는 순간 연우가 울부짖었다. 내 말을 못 믿는 거야? 너도 나보다 개가 ○○대학에 어울린단 거야? 너, 나랑 친구라며? 그런데 어떻게 이럴 수 있어? 도대체…… 연우는 말을 맺지 못하고 꺽꺽거렸다. 숨이 까딱까딱 넘어갔다. 연, 연우야…… 창미는 얼른 연우를 안았다. 연우는 창미의 팔을 뿌리쳤다. 가, 가라고…… 연우는 제대로 나오지 않는 목소리로 창미를 밀쳤다. 창미는 와락, 무섬증이 일었다. 아버지가 떠오르기도 했다. 미안해, 내가 잘못했어. 무조건 내가 나빠…… 창미는 연우를 붙들며 말했다. 가슴 앞으로 손을 모아 싹싹 빌기도 했다. 그렇게 하지 않으면 연우가 쓰러져 죽을 것 같았다. 꺽꺽거리던 숨이 멈출 것만 같았다. 말로만 듣던 히스테리가 저런 것인가 싶었다. 연우야, 정신 차려. ……숨 좀 쉬어봐. 내가 잘못했어. ……그래, 내가 다 말할게. 담임에게도 말하고 ……너 가려는 대학에도 말할게. ……그래, 좋아. 천천히 나와 같이 숨 쉬자. 후우, 후우……

창미는 연우를 떠올리며 생각에 잠겨 있는 담임을 건너다본다. 왜 그때 담임은 반장을 제쳐두고 신혜 일을 나하고 의논했을까? 연우 말처럼 나는 빅브라더였는가.

"저, 선생님."

창미는 담임에게 질문하려던 순간적인 충동을 참는다.

"어? 뭐라 했지? 내가 잠깐 딴 생각에…… 수령증? 감사 편지? 지영이가 그걸 어떻게 가지고 있다는 거지? 나만 가지고 있는 건데."

"분명히 들은걸요. 선생님! 제가 지영이와 같은 대학에 가자는 게 아니잖아요. 한국 최고 대학이라니, 제가 언감생심 꿈이라도 꾸

나요. ▽▽대학 리더십전형이면 저는 족해요. 선생님! 도와주세요. 저도 그 자리에 있었잖아요. 일도 제가 다했고요."

"그렇다고 어떻게 전달식을 다시 하니? 신혜 엄마도 그렇지만 교장 선생님도 ……"

"그럼 회장 얼굴과 제 얼굴을 바꿔치기하면 안 될까요? 포토샵으로요."

"무슨 소리, 그건 공문서 위조야."

"그럼 어째야 해요? 대가를 바란 일은 아니지만 전, 정말 억울해요."

"잠깐, 잠깐만. 아무래도 걸리는 일이 있어. 내가 일단 지영이 포트폴리오부터 좀 봐야겠어. ……창미야, 네 말은 충분히 내가 공감하니까 며칠 뒤 다시 얘기하자."

창미는 담임의 말에 가슴을 쓸어내린다. 일단 이 정도만 해도 성공이지 않은가.

"예, 고맙습니다. 그럼, 가 볼게요."

창미는 다소곳이 인사를 한다. 그런데 돌아서다 말고 부스럭부스럭 호주머니에서 뭔가 꺼낸다.

"헤, 선생님, 이거 드세요. 아빠가 면세점에서 산 초콜릿인데 아주 맛있어요. 시간 내주셔서 감사합니다."

밤 열시, 자율학습을 마치는 차임벨 소리가 울린다. 창미는 썰물처럼 빠져나가는 학생들에 섞여 교문을 나선다. 평소 같으면 인사와 수다로 시끄럽겠지만 오늘은 비장한 각오로 입을 닫았다. 교문 밖은 시동을 켜놓은 자가용과 학원 차들로 분주하다. 걷는 패들이 여러 무리로 흩어지자 창미는, 연우에게 미리 들어둔, 소공원으로 빠르게 움직인다. 원두막 모양을 본뜬 쉼터 앞에서 걸음을 멈춘 창미는 주위를 빙 둘러본다. 가로등 아래로 키 큰 소나무들과 자잘한 꽃을 단 배롱나무가 죽 늘어서 있다. 운동기구들이 드문드문 박혀 있는 저만치, 흰색 재킷을 입은 남자가 서 있다. 덩치가 만만찮다. 창미는 마른침을 삼키며 쉼터 기둥 뒤로 숨는다.

지켜보는 눈이 있습니다…… 영계를 좋아하시나 봐요…… 사진을 찍었는데 보내드릴까요…… 어린애 데리고 심하신 거 아닌가요…… 창미는 그동안 보냈던 문자 메시지를 떠올린다. 연우에게 원장을 만난다는 말을 들을 때마다 걱정이 컸다. 궁리 끝에 전화번호를 알아내 문자 메시지를 보냈다. 누군가가 알고 있다 싶으면 나쁜 짓은 못하겠지, 텔레비전에서 틀어주는 영화 몇 편만 봐도 떠올릴 수 있는 생각이었다. 그게 연우를 보호하는 길이라 여겼다. 그런데 연우도 그렇게 하고 있었다니…… 창미는 연우가 원장을 마음에 두고 있는 줄 알았다. 사랑에 나이 따위를 따지는 건 구태의연한 일이라 생각했다. 그런데 연우 쪽에서 자기 편의대로 그 남자를 만나왔단 말인가. 이해할 수 없는 건 그뿐이 아니다. 나한테 빌리면 될 것을 왜 원장에게…… 하다못해 오늘이라도 내게 털어놓았으면…… 창미는 잡생각을 쫓기라도 하듯 머리를 흔든다. 오로지 지금은 연우의 신변을 보호해야 할 때, 다른 생각들은 뒤로 미루기로 한다.

잠시 뒤 연우가 모습을 드러낸다. 창미는 소나무에 찰싹 몸을 숨긴 채 그들을 응시한다. 연우가 가방에서 봉투를 꺼낸다. 손을 떨고 있다. 장 원장은 턱 밑까지 들어온 연우 손을 내려다본다.

"이십육만 원이에요. 나머지는……"

"야! 지금 장난치는 거야?"

장 원장이 버럭 고함을 지른다.

"너, 정말 이런 애였니? 나는 너라고는 꿈에도 생각 안 했다. 배신을 해도 유분수지. 내가 널 어떻게 했어? 흥, 손이라도 한번 잡았으면 경찰에 신고했겠다. 안 그래? 나는 몇 년간 너를 지켜본 선생이야. 처음에는 네가 명문대에 합격해서 우리 학원도 같이 뜨길 바라기도 했다. 하지만 이제 그 욕심은 버렸어. 돈을 떠나서 너를 제자로 아껴왔단 말이야. 그런데 너는 말도 안 되는 문자나 보내고……"

연우는 고개를 숙인 채 장 원장의 소나기말을 받는다. 흔들리는 불빛이 머물러 희번덕거리는 얼굴은 그 표정을 알 수 없다.

"문자는 제가 안 보냈어요. 친구가……"

연우가 눈을 내리깐 채 입을 연다.

"발신자 자리에 네 번호가 찍혔는데도?"

"우리는 문자를 보낼 때 자주 발신자 번호를 바꿔요. 일종의 장난으로요. 친구가 제일 자주 찍는 번호가 내 것이니까 습관적으로 그랬을 거예요."

덮어씌우는 건가? 그렇게 말하라고 다짐하긴 했지만 지금 이 순간 그리 좋게 들리진 않는다. 그래도 어쩔 수 없다. 지금은 연우를 무사히 빼내는 게 중요할 뿐이다.

"그걸 나더러 믿으라는 거냐? 잔말 말고 경찰서로 가자. 너 같은 애는 단단히 혼이 나야 해. 아주 제멋대로야…… 너는 온갖 문자 보내면서 내 문자는 왜 씹냐? 새벽부터 보낸 거……"

원장의 질책에 연우가 운다. 엉엉 소리가 점점 높아진다. 뜻밖의 울음에 장 원장은 말을 멈추고 연우를 내려다본다. 창미는 더 이상 견디지 못하고 그들 앞으로 나선다. 가슴이 심하게 요동쳤지만 창미는 멈춤 없이 말을 쏟아낸다.

"원장님이시죠? 저는 김창미예요. 연우가 아니라 저예요. 제가 그동안 문자를 보냈어요."

좋아, 잘했어. 창미는 스스로를 격려하며 한 걸음 더 앞으로 나선다. 눈길을 피하지 않고 꼿꼿이 선 채로 원장의 눈길을 받는다.

"네가 왜? 이연우! 얘 누구야?"

"연우 친구예요."

연우는 입술만 깨물고 창미가 대답한다.

"너한테 물은 거 아니잖아. 야, 너 가라. 이연우, 빨리 보내!"

장 원장이 버럭 소리를 지르자 연우가 움찔거린다. 창미야, 가는 게 좋겠다. 괜찮아. 조심할게. 만약에…… 연우는 말을 맺지 못하고 창미 손을 잡는다. 땀에 젖은 손바닥을 느끼며 창미는 장 원장을 째려본다. 장 원장은 기가 막힌다는 표정을 짓는다. 창미는 연우 손을 힘주어 잡았다가 다시 푼다. 아이구, 놀고 있네. 창미는 장 원장의 혼잣말을 놓치지 않는다.

창미는 공원 입구 쪽으로 천천히 걸음을 옮긴다. 공원이 일렁인다. 배롱나무 꽃들이 바람을 따라 이리저리 흔들린다. 공원을 벗어나자 창미는 있는 힘껏 달린다. 큰길까지 나오자 서둘러 휴대전화를 꺼낸다.

무슨 일이야? 얼마 안 있어 오토바이 한 대가 선다. 동우다. 창미는 상황을 설명할 틈도 없이 동우를 재촉한다.

동우는 전조등을 끈 오토바이를 밀면서 공원 안으로 들어간다. 같이 오토바이를 밀던 창미가 걸음을 멈춘다. 몸을 숨긴 채 살펴 보니 연우가 원장의 품에 안겨 있다. 원장은 연우의 등을 가만가만 두드리고 있다. 창미는 손을 들어 동우가 볼 수 있도록 가리킨다. 뭐야? 동우가 앞으로 달려나가려고 한다. 창미는 재빨리 동우의 팔을 잡아끈다. 동우는 창미를 밀치며 한 걸음 나선다. 사내가 연우를 품에 안는다. 아니, 연우의 얼굴에 뺨을 부비는 것 같다. 괴로워하는 연우의 얼굴이 클로즈업되어 보인다. 살려달라고 외치는 소리도 들리는 듯하다. 앞에 놓인 거리가 접히는 것 같더니 갑자기 축축 늘어난다. 그 바람에 엉켜 있는 사내와 연우가 뚜렷이 보였다가 이내 멀어진다. 아아, 모르겠다. 동우는 맴을 도는 것처럼 어지럽다. 환각인가? 아니다, 그렇지 않다. 저렇게 버젓이 연우를 농락하고 있지 않은가.

저, 저놈이…… 어느 순간 동우가 벌떡 일어선다. 창미의 손을 뿌리치고 오토바이 시동을 켠다. 타타타 굉음이 울린다. 눈이 부시다. 엑스레이 광선 같은 불빛이 빠르게 돌진한다. 창미는 오토바이를 좇아 달린다. 동우는 장 원장 앞에 급정거한 다음 뛰어내린다. 돌아서려는 원장의 등에 주먹을 날린다. 원장이 비틀거린다. 이번에는 발을 날려 장 원장의 옆구리를 내지른다. 연우가 비명을 지른다. 야, 왜 이래…… 창미야, 어떻게 된…… 연우의 새된 목소리가 들린다. 창미는 장 원장과 연우를 번갈아본다. 동우가 다시 주먹을 날리려는 순간 연우가 뛰어든다. 그 바람에 동우의 주먹이 연우의 배에 꽂힌다. 비틀거리는 연우를 얼른 잡으려 했지만 이미 늦었다. 연우가 쓰러지고 만다. 동우는 안절부절못한다. 당황한 기색이 역력하다. 창미의 부축을 받은 연우가 달려들어 동우의 가슴팍을 때린다. 장 원장을 때리던 호기는 어디로 사라졌는지 동우는 멍하니 선 채로 맞고만 있다. 내가 너 땜에 못 살아…… 연우가 새되게 악을 쓴다. 창미는 기묘하게 비틀어지는 동우를 바라본다. 비틀거리며 걸어가는 장 원장의 모습까지. 모든 게 현실이 아닌 것만 같다.

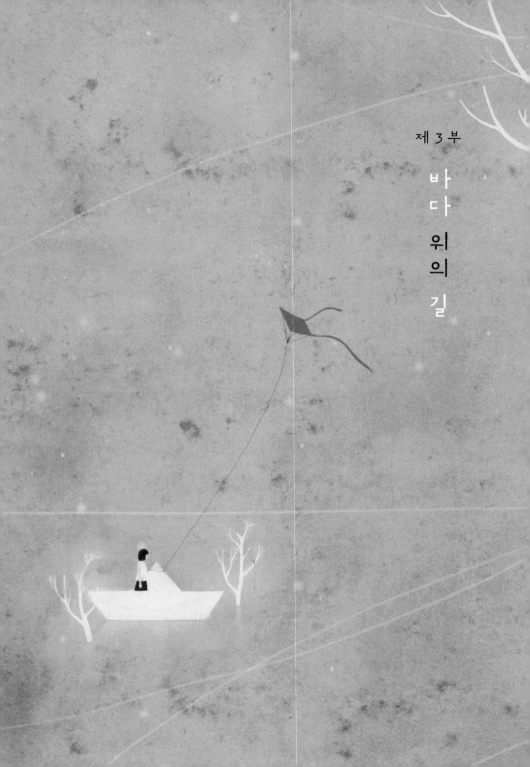

제 3 부

바
다

위
의

길

7월 22일, 연우·동세 오빠

가방을 메고 현관문을 미는데 밖에서 소리가 들린다. 연우는 선뜻 나서지 못하고 손잡이를 쥔 채 선다. 문틈으로 할머니와 아버지가 보인다.

"들어오시지 않고요."

"아니다. 잠깐 들른 거야. 에미가 병원에 있자면 얼마나 서글프겠니. 잠시라도 기분이 나아지면 좋으련만."

응? 뭐야? 몸을 빼서 보니 백합 한 다발이 아버지에게 건네지고 있다.

"아이구, 어머니. 뭘 이렇게까지…… 죄송스럽기만 합니다. 사람이 약해 빠져서……"

"아프고 싶어 아픈 사람이 어디 있어? 의술이 좋아졌다 해도 수술이잖니. 몸조릴 잘해야지. ……회사일 때문인지 애비 얼굴도 많이 상했어. 사람들 얘기가 하루 이틀에 끝날 일이 아니라더라. 어쩌겠니. 지치지나 말아야지. 기운 내시게."

흰색 꽃무더기에 가려 아버지 얼굴이 보이지 않는다. 말도 없다.

"마당에 있는 흰나리 꺾어온 거다. 올해는 유달리 숭어리가 좋아서 에미 생각이 나더라. 요 며칠 자꾸만 너희들이 그 앞에 어른거리네. 갓 결혼했을 때처럼 말이야. ……자꾸 주책이 나서 이 사진도 한번 가져와봤다. 자, 봐라. 이 사진 기억나냐? 너도 에미도 참 인물 좋다……"

"……제가 못나 빠져서……"

"아서라, 그런 말 할 것 없다. 애비야, 힘들어도 마음만은 팍팍하지 말거라. 살다 보면 다 기복이 있는 거다. 더한 일도 겪어냈잖아. 식구끼리라도 서로 보듬어야지. ……중심은 항상 외로운 법이야. 흔들려도 표를 낼 수 없으니 말이다. 맘을 크게 먹어라."

"이럴 게 아니라 안으로 들어가세요."

"아니다. 갈란다. 꽃은 네가 샀다고 그래라. 에미가 좋아할 거다."

할머니는 몸을 돌려 계단을 내려간다. 연우는 거실로 다시 들어선다. 그날 이후로 할머니 보기가 민망하다. 아버지와 부딪히는 것도 싫다. 무능력하다는 건 예전부터 알고 있었지만 요즘 들어서는 우유부단에 변덕까지 겹친 것 같다.

적당한 시간을 두고 현관문을 다시 나섰는데 아버지와 마주치고 만다. 공교롭다. 저절로 인상이 구겨진다. 백합꽃 무더기에 얼굴을 묻다시피 한 아버지도 당황한 기색이다.

"가니? 오늘······"

연우는 들은 척도 않고 쌩하니 지나친다. 계단을 밟으려는데 아버지가 옆구리를 낚아챈다.

"얘가 보자보자 하니 정말, 지금 아빠가 말하고 있잖아. 그냥 가면 어떡해?"

연우는 아버지의 손이 닿았던 교복을 여미며 걸음을 멈춘다.

"도대체 뭐가 불만이야? 말을 해야 알 거 아니야?"

"없어요."

"없어? 그럼 내가 벌레야? 도대체 태도가 이게 뭐야? 내가 뭘 잘못했는지 말해봐."

연우는 손목을 들어 시계를 본다. 자칫하면 학원 차를 놓치겠다. 연우는 아버지를 쏘아본다. 평소 같으면 이쯤에서 대화를 접더니 오늘은 단단히 작정한 듯하다. 꽃을 든 손과 목젖이 다다다 떨리고 있다. 이웃집 아저씨가 연우 쪽을 힐끔거리며 천천히 골목을 돌아나간다.

"아이, 정말 창피해. 정말 몰라서 물어? 괴롭히지 말고 학교 좀 보내줘."

"괴롭힌다고? 창피하다고? 고작 한다는 말이······ 그래 좋다. 뭐가 부끄럽다는 거냐? 아버지가 딸에게 묻는 게? 아님 내가 버스를 모는 게?"

"학교 늦는다니까!"

"학교? 인간이 안 됐는데 그깟 학교가 무슨 소용이야. 가지 마!"

……내가 지금, 누구 때문에, 도대체 누구 때문에 그 짓을 하는
데……"

"학교 안 가면? 그래서 아빠처럼 살라고?"

"얘가 정말……"

"내가 운전하라 그랬어? 싫으면 안 하면 되잖아요. 쪽팔리게 갑
자기……"

"이제 와서 쪽팔린다고? 그러는 너는 내가 싸울 때 어쨌어? 와
달라고 할 때 어디 있었어? 그때도 창피스러웠겠지. 이래도 불만,
저래도 불만. 너는 도대체……"

꽃을 든 아버지의 손이 연우의 눈앞을 막는다. 미처 피할 새도 없
이 연우는 멍하니 바라만 본다. 연우와 눈이 마주친 아버지는 멈칫
하면서 손을 내린다. 백합꽃 향기가 짧은 정적을 메운다. 아찔하다.
분위기에 맞지 않는 향기 때문인지, 일그러지는 아버지의 얼굴 때
문인지 모르겠다. 연우는 재빨리 몸을 돌려 계단을 타타타 밟는다.
야, 거기 서. 아버지가 씩씩대며 연우를 부른다. 아이 씨, 이름은
왜 부르는 거야. 연우는 구시렁거리며 골목길을 달린다.

택시가 선다. 말로만 듣던 패밀리 레스토랑 앞이다. 시끄러운 음
악이 흐르는 나무 계단을 오르자 어두컴컴한 실내가 한눈에 들어온
다. 테이블이 작고 배열 간격마저 좁았는데 빈자리가 보이지 않을
정도로 복잡하다. 대기하는 사람도 있었지만 예약을 한 덕분으로
자리를 안내 받을 수 있었다. 아무튼 창미 끈질긴 건 알아줘야 한

다. 내 생일이라 생각해두자. 아니지, 생일보다 더 좋은 날이잖아. 모든 게 네 덕분이니 파티는 당연한 거지. 나, 내일부터 방과후수업도 안 한다. 그러니 연우야, 가자, 응? 응? 며칠 동안 거절해왔지만 오늘은 더 이상 버틸 수 없었다.

　방학이 시작되자마자 수시 전형에 대한 면담이 시작되었다. 내신을 줄 세우니 네가 이등이더라. 학교 추천은 받을 수 있겠어. ○○대학 지역균형선발전형, 이른바 '지균'을 두고 하는 말이었다. 연우는 기쁨을 감추고 지영이가 일등인지 물었다. 아니야, 이과반 유진이가 테이프를 끊었고 너, 지영이 순서. 민정이는 기말고사 망치더니 기대 이하더라. 그런데 이어지는 담임의 말은 청천벽력이었다. ……하지만 합격선은 아니야. 예? 그 학교 프로그램이 그래. 등급 반영이니까 오학기 중에서 이등급이 두세 개만 있어도 힘들어. 모두 일등급을 받으려면 일학년 때부터 독보적으로 잘해야 하지. 최상위권에서 여러 명이 같이 놀면 일등급도 나눌 수밖에 없거든. 오죽하면 세 명만 남기고 성적을 뚝 떨어뜨려야 한다는 농담이 있을까. 너 알다시피 우리 학년은 일학년 때부터 각축전이었잖아. ○○대학 기준으로 최소한 칠십구점은 되어야 원서라도 써보겠는데 네 점수로는 곤란해. 영점 영영 몇으로 판가름 나는 곳이니까 원서를 넣어도 의미가 없어…… 차임벨 소리가 들렸다. 점심시간을 끝낸다는 신호가 아니라 연우 인생이 나락으로 떨어지는 소리 같았다. 연우는 다급한 목소리로 그럼 어떻게 해야 하냐고 물었다. 네가 결정할 문제지만 그래도 원서를 쓰는 방법, 지균을 포기하고 특기자전형으로

바다 위의 길　167

넣는 방법, △△대학 추천을 받는 방법 등이 있지. 부모님하고도 의논하고 너도 잘 생각해봐. ……△△대학은 오히려 더 어렵다면서요. 연우는 땀 밴 손바닥을 비비며 가까스로 질문을 한다. 국립대학이라고 지방 애들을 위해 만든 제도가 지균이니 그럴 수도 있지. 하지만 누가 장담할 수 있겠니. 예측이 어려워. 전문가다 뭐다 떠들어대고들 있지만 아무도 모를 일이야, 아무도…… 입시 베테랑으로 소문난 담임이 하는 말이니 틀린 말은 아닐 것이다. 돌아서는 연우의 몸이 휘청거렸다. 다리에 맥이 풀리고 식은땀이 났다. 누가 뒷머리를 송곳으로 다다다 찌르는 것 같다. 연우야, 괜찮니? 괜찮아? 담임의 말이 커졌다 작아졌다 하면서 귀에 울렸다. 연우는 교사 책상 귀퉁이를 붙잡고 억지로 미소를 지어 보였다.

그래, 일단은 다 잊자. 창미 말처럼 오늘은 기분 전환하자. 연우는 가슴을 짓누르는 생각을 떨쳐버리기라도 하듯이 머리채를 흔든다.

록 햄프턴 립 아이, 카카두 그릴러, 투움바 파스타, 그릴드 치킨 샐러드…… 웬 주문이 그렇게 복잡한지, 연우는 창미와 종업원이 주고받는 말을 듣고만 있다. 무슨 말인지 알아들을 수 없으니 어느 외국에라도 와 있는 느낌이다. 맞은편에 앉은 동우 역시 멀뚱하게 앞만 바라보고 있다. 집도 아닌 밖에서, 그것도 셋이 앉은 모양새라니, 낯설고 어색하다.

맛있네, 복잡해서 괜히 왔다 싶더니만…… 별것도 아닌 동우의 말에 창미가 까르르 웃는다. 쳇, 좋아 죽는구먼. 비꼬다 말고 연우는 머릿속으로 음식 값을 셈한다. 내가 낼 것도 아닌데 왜 이러지?

연우는 자신에게 반발하듯 고개를 젓는다. 모든 걸 돈으로 연결하는 자신이 짜증스럽다. 그러고도 비싸니까 맛있네, 라는 말을 무의식적으로 내뱉는다. 스스로 무안해진 연우는 동우와 창미를 힐끗 본다. 다행히 두 사람은 별다른 반응을 보이지 않는다.

"나는 세 군데 정했어. 다 리더십전형인데 담임이 승산 있겠다고 하더라. 내가 합격하면 연우 네 덕분이다. 담임이 수령증하고 감사 편지 복사해줘서 멋지게 만들었잖니. 신혜 엄마도 학교 마크 찍힌 봉투 들고 사진 찍어주더라. 병원을 꾸준히 찾아줘서 고맙다고 말이야. 물론 내가 솔직하게 털어놓고 사정하기도 했지. 상부상조라고. 신혜는 앞으로도 계속 후원할 거야."

"도대체 무슨 얘기들이냐?"

동우가 끼어들자 창미가 다시 보충 설명을 한다. 동우야, 나 이제 학교는 끝이야, 끝. 창미가 말을 맺고는 크게 웃는다. 아닌 게 아니라 창미가 결정한 대학들은 일학기 성적까지만 보니 더 이상 공부할 필요가 없다.

"난 관심 없어. ……나가자."

"그럴까? 아참, 연우야, 넌 어떻게 하기로 했어?"

"아직도 고민 중이지, 뭐."

"지영이도 지균 포기했다던데?"

"그래?"

암튼 여자들 수다란, 동우가 구시렁거리며 자리에서 일어난다. 연우는 창미의 마지막 말을 되씹다가 동우의 재촉을 받고 일어선다.

다음 코스는 노래방이라고 한다. 연우는 어느새 어둠이 내린 거리 구석으로 창미를 끈다.

"나는 집에 갈게."

"분위기 좋은데 왜?"

"널 위해서."

진심이었다. 눈앞으로 영어 문제집이 어른거리는 게 이유가 되기도 하지만 동우를 좋아하는 창미를 생각해서다. 닭살 돋느니, 토하겠느니 했지만 사랑에 빠진 창미는 아름답고 예뻤다. 게다가 오늘은 창미의 날이지 않은가.

"너답지 않게 뭘 배려냐? 됐거든. 분위기 깨지 말고 같이 가자. 네가 있으니까 동우도 훨씬 좋아하잖아. 미워죽겠다더니 핏줄이 무서운걸. 난 쟤가 저렇게 웃고 떠드는 거 처음 봐."

창미는 단호하게 잘라 말한다. 느닷없이 연우와 팔짱을 끼더니 뒤따라오던 동우와도 걸음을 맞추면서 팔을 낀다. 양쪽 키 차이 때문에 창미는 자주 걸음을 놓치면서도 팔을 풀지 않는다.

"아, 기분 좋다. 연우야, 좌청룡 우백호라는 말, 이럴 때 쓰면 되는 거냐?"

창미의 큰 소리에 지나가던 사람들이 힐끗힐끗 고개를 돌린다. 연우는 부끄럽기만 한데 창미는 눈이 마주친 이십 대 여자에게, 오늘 생일이거든요, 라며 되레 너스레를 떤다.

동우와 창미가 함께 부른 '자우림'의 노래들은 참 좋았다. 많이 맞춰본 노래인지 화음까지 넣었다. 두 사람은 패밀리 레스토랑이나 거리에서보다 훨씬 잘 어울려 보였다. 「나는 위험한 사랑을 상상한다」는 가사가 불온하고 비트가 강해 몸이 한꺼번에 오그라드는 기분이었다.

「불안은 영혼을 잠식한다」는 동우의 독창이다.

"요새 노래는 아닌데, 쟤 애창곡이야."

창미가 소곤거린다. 연우는 고개를 끄덕이며 동우를 올려다본다. 동우의 시선은 화면 대신 허공의 한 점에 고정되어 있다. 덩치와 맞지 않게 가늘고 낮은 목소리가 흘러나온다.

— 내게도 이름이 있었다 한들, 이미 잊은 지 오래인 노래. 아아아, 부서진 멜로디만 입가에 남아 울고 있네……

창미의 팔이 연우의 어깨를 감싼다. 연우는 창미 따라 상체를 흔들며 노래를 듣는다. 가슴 한 구석이 텅 비는 것 같고 뭔가가 차오르는 것 같기도 하다. 높고 날카로운 허밍이 이어지자 창미가 작은 소리로 따라한다. 연우는 곤두서는 살갗을 계속 쓸어내린다.

— 불안은 영혼을 잠식하여 진청의 그림자를 드리우고, 단꿈에 마음은 침식되어 깨지 않을 긴 잠에 든다……

가슴이 찡한 건 연우인데 동우의 눈가가 젖어 있다. 마지막 음이 흔들린다. 창미의 환호에도 묻히지 않은, 긴 여운을 남기는 소리다. 파문이 일듯 연우의 마음이 따라 울린다.

창미의 노래가 이어지는 동안 동우는 캔 맥주를 놓지 않는다. 손끝으로 빙글 돌리다가 한 모금씩 마신다. 가끔씩 연우를 보면서 빙그르르 웃기도 한다. 그러더니 연우에게 바짝 붙으며 입을 연다.

"좀 전에 내가 부른 노래, 알아?"

"응, 들어본 정도."

"……형이 제일 좋아했던 노래야."

연우는 흠칫, 동우의 얼굴을 본다. 머릿속에 자잘한 균열이 생긴다. 동우의 노래를 들을 때처럼 다시 온몸에 소름이 돋는다. 의식의 깊은 곳, 어디엔가 잠겨 있는 오빠의 얼굴이며 목소리가 튀어나오는 기분이다. 마음이 아이스크림을 쥔 것같이 서늘해진다. 엉겁결에 앞에 놓인 맥주 캔을 잡는다. 짜르르, 처음 마셔보는 쓴물이 목을 타고 가슴 밑바닥까지 닿는다. 잘난 쪽은 늘 자신이어야 하는데 오늘은 어쩐지 동우에게 밀리는 느낌이다. 혼자서 한껏 기분을 내는 창미도 마찬가지다. 저만치 앞서 있는 것 같다.

"형 얘기했나 보네."

노래를 마치고 자리에 앉으며 창미가 말한다. 뭐야, 너는 이미 알고 있다는 거야? 흥, 연우는 입을 삐죽거린다. 못마땅하기만 한데 창미가 한술 더 뜬다.

"폰에 있는 사진도 보여주지? 참 감동이던데……"

이건 또 뭐야? 어떻게 오빠 사진이 있다는 거야? 연우의 마음을 꿰뚫기라도 한 듯 창미가 말한다.

"사진을 다시 찍었대. 폴더만 열면 뜨던데, 몰랐구나. 마음이 아파 내 사진으로 바꾸란 말도 못했잖아."

동우는 쓸데없는 소리 말라며 핀잔을 주면서도 휴대전화를 열어 보인다. 연우는 얼른 휴대전화를 받아 든다. 교복 옆모습을 잡은 사진인데 생각 속 오빠가 맞는 것 같기도 하고 아닌 것 같기도 하다. 오빠라고 말해주지 않았다면 동우라고 여겼을 얼굴이다.

어느 날 홀연히 사라져버린 오빠, 천장의 조명에 따라 액정 속의 오빠가 빙글빙글 돈다. 색색으로 얼굴색이 바뀌더니 입술이 움직이는 것처럼 보인다. 그러자 연우야…… 동우 반쪽 연우야…… 연우 반쪽 동우야…… 집에서 골목에서 바닷가에서 부르던 오빠의 음성이 되살아난다. 질끈, 연우는 눈을 감는다.

얼마나 지났을까, 눈을 뜨는데 동우와 시선이 마주친다. 왜 그래, 라고 묻는 동우의 말이 아득하게 들린다. 그 얼굴 또한 흐릿하게 보인다.

7월 26일, 동우·최혜진 선생

동우는 휴대전화의 버튼을 누른다. 한 시간 전처럼 창미는 전화를 받지 않는다. 무슨 일이지? 동우는 고개를 갸웃거리며 담배를 꺼내 문다. 밤이라 그런지 바람이 제법 시원하다. 느티나무에서 나는 쉬엇, 소리도 경쾌하다. 나무와 벤치가 어우러진 옥상은 병원이라기보다 소공원 같은 느낌을 준다. 환자들도 제법 나와 있다. 저렇게 산책을 하면 좋으련만, 어머니는 절대 따라 나서지 않는다.

총각, 연기가 이쪽으로 오는데, 환자복을 입은 아주머니가 손바람을 내며 동우에게 말한다. 다행히 고등학생 표시는 안 났나 보았다. 아, 예…… 동우는 모래 항아리에 담배를 비벼 끈다. 손이 놀게 되니 다시 휴대전화다. 통화 이탈권인가 싶어 살피고 배터리가 없는지 다시 쳐다본다. 병실에 있으나 옥상에 있으나 동우의 신경은 온통 휴대전화에 쏠려 있다. 전화 한 통 못해? 문자 메시지라도 보내면 안 되나…… 도대체 뭘 한다고…… 동우는 성질이 뻗친다. 뒷주머니에 꽂힌 하모니카를 꺼낸다. 창미가 좋아하는 「캐논」을 불어보지만 흥이 날 리 없다. 동우는 무거운 몸을 일으킨다. 아무래도 예감이 좋지 않다. 창미에게 무슨 일이 생긴 것이 분명하다.

동우는 병실 앞에서 잠시 걸음을 멈춘다. 출입문에서 첫번째로 놓인 어머니의 침상은 밖에서도 보인다. 어머니는 여전히 눈을 감고 있다. 잠이 들었는지 자는 척하는지 알 수 없다. 옥상에 갔다 왔어요. 대답을 기대한 건 아니나 번번이 무색하다. 동우는 대학생에서 할머니까지, 다양한 나이대의 환자가 누워 있는 육 인실 안을 휘둘러본다. 신경정신과라 그런지 겉으로는 멀쩡한 사람들이다. 그래도 창가 아주머니는 일 년째 입원 중이라니, 어머니도 그렇게 될까봐 두렵다.

시위대에게 생수를 건넸던 그날, 동우는 아버지의 전화를 받았다. 원장과 맞붙었던 공원에서였다. 어머니가 병원에 있다고 했다. 오토바이의 속도를 있는 대로 높여 동우와 연우가 도착했을 때 어머니는 정신이 하나도 없어 보였다. 강도 높은 진통제를 써서 그렇다는데 알아들을 수 없는 헛소리만 중얼거렸다. '담낭염'으로 초기 진단을 받은 어머니는 다음 날 정밀검사를 거쳐 수술을 받았다. 복강경으로 쓸개를 적출하는 "비교적 간단한 수술"이라고는 하나 두어 시간이나 걸렸다. 그동안 동우는 수술실 앞에서 꼼짝하지 않았다. 어머니가 세상을 떠날까 봐 불안했다. 나를 제대로 봐준 적 없잖아, 나도 아들이란 말이야, 동세 형같이는 아니더라도 나는 나대로…… 동우는 수술을 집도한 의사가 나올 때까지 빌고 또 빌었다.
예수님도 부처님도 다 불러들였다. 너덜너덜한 거 보이지요? 이러
니 얼마나 아팠겠어…… 적출한 쓸개를 핀셋으로 들었다 놨다 하
며 의사가 말했다. 붉으죽죽한 덩어리, 처지고 문드러지고 구멍 나
결국에는 버려지는 쓸개…… 연우는 외면했지만 동우는 눈을 슴벅
대며 노려보았다.

몸 안의 분비물이 거의 빠지고 실밥도 풀었는데 의사는 퇴원 결
정을 내려주지 않았다. 전체적으로 몸이 너무 쇠약해 언제 쓰러질
지 모른다고 했다. 그러면서 신경정신과 병동으로 옮기길 권유했
다. 담낭염의 원인이 알코올이었는데 다시 술을 마시면 끝장이라고
도 했다. 쓸개 없이는 삽니다. 하지만 환자의 경우 저혈압이 있는
데다 우울증 치료도 받아야 해요. 담당 의사의 말에 아버지는 고개
만 주억거렸다.

간병은 동우 차지였다. 여자 병실이다 보니 아버지가 밤을 새우
기 난처했다. 고 삼이라고 가뜩이나 신경이 날카로운 연우는 주말
에 삐쭉 들여다보고는 끝이었다. 그런 애에게 억지로 요구할 수도
없는 일이었다. 그러다 보니 자연스럽게 동우가 병실을 지키게 되
었다. 어머니가 거동하기 힘들었던 며칠 동안은 알바를 작파했고,
그 후에는 시간을 조절해가며 들락날락했다. 혼자서 움직일 수 있
다고 어머니가 말한 이후에도 동우는 병원에서 쪽잠을 잤다. 몸은
힘들고 마음도 불편했다. 하지만 외면할 수 있는 일이 아니었다. 수
술하는 동안의 절실한 마음을 되새기며 짜증을 다독일 수밖에 없었

다. 신기한 노릇은 그러다 보니 몸도 그렇게 따라주어 적응이 되어 갔다는 것이다.

파업은 멈추지 않았지만 아버지는 운전대를 잡았다. 정해진 근무 시간도 없이 새벽부터 밤까지 차를 몰았다. 가족 모두에게 충격적인 일이었다. 애초에 나서지나 말지, 처음부터 회사 편에 섰더라면 변절자라는 소리는 안 들었을 텐데…… 하지만 동우는 아버지를 미워할 수 없었다. 오히려 아버지의 행동과 표정을 살피게 되었다. 아버지는 가두집회, 차고 점거, 공대위 협상을 알리는 뉴스를 볼 때마다 채널을 급히 돌렸다. 어떨 때는 화면이 바뀌는 줄도 모르는 채 물끄러미 바라보기도 했다. 보험을 해약하자마자 횡액이 생긴다고 푸념했고, 욕실에서 오래도록 근무복을 빨았다. 그런 모습들을 보며 동우는 우울했고 슬펐다.

무엇보다 동우는 면목이 없었다. 장 원장이라는 인간 때문이다. 그 생각만 하면 지금도 속상하다. 그때 동우는 진석의 오토바이를 빼앗다시피 타고 공원으로 달려갔다. 창미에게 설명을 들을 정신도 없었다. 잔뜩 굳은 연우, 연우의 얼굴을 쓰다듬는 남자…… 말로만 듣던 성추행이…… 동우는 시쳇말로, 눈에 뵈는 게 없었다. 튕겨나가 주먹부터 날렸다. 한 박자만 늦추어라, 삼 초만 생각하라…… 평소의 다짐 따위가 생각날 리 없었다. 연우가 소리를 질렀고 창미가 손을 내저었다. 그 순간 동우는 아차 싶었다. 남자의 정강이를 차려던 발길을 딱 멈추었다. 또 뭔가 잘못됐구나, 싶으니 연우가 덤벼들고 남자가 멱살을 잡아도 그저 멍할 뿐이었다. 발길질을 해도 가만히 있었다. 때린 것보다 더 많이 맞았지만 더 이상 대응하지 않았다.

그런데 그 후 남자는 '폭행상해'라는 무시무시한 죄목으로 동우를 몰아세웠다. 동우는 아버지가 시키는 대로 그 인간 앞에 무릎을 꿇은 채로 긴 연설을 들었다. 혼자서 열을 냈다 삭혔다 하는 꼴이 K선생처럼 보였다. 결국 해결은 돈이었다. 어떻게, 얼마가 들었는지 아버지는 입을 닫았다. 동우는 물어볼 염치가 없었다. 상급생의 이를 부러뜨렸을 때처럼 난감하고 미안했다. 형만큼은 아니더라도 좋은 아들이 되고 싶었는데, 사고나 치고 돈만 축내고 말았다. 세상의 일들은 늘, 동우의 의도와 상관없이, 불리하게만 흘러갔다. 나쁜 마음을 먹지 않았는데 일은 커지고 마무리는 힘들었다. 세상은 견고했고 자기만 부딪혀 나동그라졌다. 왜 나만 이래요? 동우는 최혜진 선생에게 묻지 않을 수 없었고, 그때 선생은 말했다. 그래, 네 말처럼 세상은 더럽고 단단해. 새로워지기 어려워. 학교만 하더라도 경쟁에서 이기려면 인간성을 포기해야 해. 그게 요즘 세상이야. …… 하지만 동우야, 세상이 그렇다고 앙심을 가지지는 마라. 원망하고 욕하다가 세월 다 보낼래? 너 자신을 놓치면 안 돼. 너는 너만의 가치를 만들어야 해. 나는 네 속에 그게 있다고 생각해. 물론 내게도 있겠지. 그러니 우리는 우리 속에 있는 그 무언가를 끄집어내야만 해. 그게 새로운 세상을 여는 물꼬가 될 테니까……

효자 학생, 텔레비전 켜줄래? 지나치게 기분이 좋거나 급격하게 기분이 가라앉는 것이 병이라는 창가 아주머니 목소리가 밝다. 리모컨을 누르자 개그맨의 우스갯소리가 병실에 울려 퍼진다. 동우는 화면을 보다가 자기도 모르게 웃는다. 창가 아주머니의 웃음소리에 묻히긴 했으나 동우는 얼른 눈치를 살핀다. 그 와중에도 어머니의 두 눈은 굳게 감겨 있다. 휴대전화를 만지작거리던 동우는 폴더를 열어 시간을 확인한다. 아직 한 시간이나 남아 있다. 동우는 빨리 선생이 오기를 바란다. 그래서 어머니가 며칠 전처럼 자분자분 말을 나누었으면 좋겠다.

최혜진 선생이 주유소를 찾은 건 일주일 전이었다. 동우는 선생 차에 기름을 넣은 다음 휴지와 생수를 곱으로 챙겨주었다. 주유하러 올 때마다 해온 일이었다. 그런데 그날따라 선생은 차를 한편에 세운 다음 일이 어렵지 않은지, 사장은 어떤 사람인지, 시급은 얼마나 되는지…… 동우 하는 일을 시시콜콜히 물었다. 유니폼이 어울린다느니 열심히 일해보라느니 하는 말을 한참 늘어놓더니 어머니 안부를 물었다. 병원에 있다고 하자 몹시 놀라워했다. 그날이었구나. 어쩐지 여러 가지로 이상하다 했어. 예? 절에서 전화를 하셨더구나. 너희 형 기일에 말이야. 간다고 말해놓고 회식이 길어지는 바람에 약속을 지키지 못했거든. 집회에 나가면 뵐 수 있겠다 싶었는데 너하고 할머니만 만났잖아. 아, 그래서 그날 제게 어머니에 대해 물으셨군요? 그 뒤로 내내 마음에 무거웠어. 오늘까지 있었던 게 미안하구나.

손에 쥐고 있던 휴대전화가 부르르 떤다. 동우는 화들짝 놀라며 눈을 뜬다. 그새 잠시 졸았는지 병실 안이 생경하다. 동우는 접이식 의자에서 일어나며 문자 메시지를 연다.

— 무슨 일?

몇 시간 동안 연락 두절이었으면서 고작 한다는 말이? 말간 창미 얼굴이 떠오른다. 내 답신은 조금만 늦어도 파닥거리면서, 완전 제 멋대로라니까. 동우의 눈초리가 치켜 올라간다.

— 걱정했잖아. 뭐 해?

— 초등학교 반창회라고 했잖아. 오오, 넌 신나는걸.

반창회는 지랄, 논다고 나 같은 건 아예 염두에 없겠지. 동우는 열이 뻗쳐 어머니가 누워 있는 침대 위로 전화기를 던져버린다. 다시 울리는 문자 메시지 신호, 이번에는 아예 배터리를 빼버리고 복도로 나간다.

씩씩거리며 걷다 보니 어느새 옥상이다. 그새 사람들은 떠나고 나무와 벤치에 어둠이 내려 있다. 동우는 담배를 꺼내 물며 걷다가 끝자리에 앉는다. 문득 생각난 듯 라이터를 꺼낸 것은 그러고도 한참 더 지나서다. 손이 허전하다. 휴대전화를 가져오는 건데…… 후회스럽다. 왜 이렇게 변덕이 심한지 모르겠다. 나 혼자만 이상한 거야? 연애라는 게 다 이런 거야? 누구라도 붙잡고 묻고 싶다. 불을 붙이자 담배 끝에서 가느다란 연기가 피어오른다. 창미의 웃는 모습, 신발을 끌며 걷던 모습, 팔짝팔짝 뛰는 모습 들이 나타났다가 사라진다. 손끝이 따끔하다. 저 혼자 타고 있던 담배 끝이 손가락에 닿은 것이다. 동우는 새 담배를 꺼내 불을 붙인다. 몰래 피울 때는 꿀맛이더니 지금은 텁텁하기만 하다.

얼마나 앉아 있었나, 휴대전화가 신경이 쓰여 더 이상 견딜 수가 없다. 동우는 벌떡 일어난다. 어떤 생각이 떠오른다 싶으면 몸이 먼저 움직인다. 늘 이 모양이다. 언제쯤이면 앞뒤 분별이 생길까.

열린 출입문 사이로 어머니가 보인다. 앉아 있다. 이야기를 나누는 것 같다. 동우는 시계를 본다. 최혜진 선생이 왔나 보다. 동우는 병실로 들어가려던 걸음을 멈춘다. 엿들으려는 건 아니었지만 난처한 이야기들이 오고갔기 때문이다.

"안 돼요. 이걸 어떻게 받아요?"

"돈이라고 할 수 없을 정도로 적어요. 제 마음이니 음료수라도……"

"그럴 수 없어요. 선생님도 힘든 상황이라는 거 아는데……"

아이 참, 어머니도. 내가 말한 거 다 들통 나게…… 동우의 얼굴이 어두워진다. 더 이상 대화가 이어지지 않자 초조해진다. 들어갈까 말까 망설이는데 선생의 목소리가 들린다. 동우는 문에다가 바짝 귀를 댄다.

"그때가 언젠데요? 빚도 이제 거의 끝나가요. ……어떤 일이든 모든 걸 잃지는 않더라고요. 남편은 돈 때문에 이성을 잃고 목숨까지 버렸지만 대신 저는 깨쳤거든요. 돈이 최고가 아니라는 걸 말이에요. 요즘은 반토막 난 월급 명세서를 봐도 마음이 편해요."

"예에. 얼굴이 좋아 보이신다 했더니 마음이 평온해지신 거네요."

"하하, 그런가요? 다 살아지더라고요. ……남편을 생각하면 아직도 벌떡벌떡 일어나곤 해요. 동세 어머니도 그렇다고 했잖아요. 아직도 죽음이 믿어지지 않는 거죠. 그때 주식이다 펀드다 할 때 말리지 않았던 거, 망해도 좋다고 말해주지 못했던 게 너무 후회돼요."

"그럼요, 그때로 돌아갈 수만 있으면 얼마나 좋겠어요. 잘못한 거, 못해준 것만 생각나니······"

어머니는 말꼬리를 맺지 못하고 울먹인다.

"······하지만 어머니, 아무리 애써도 시간을 돌이킬 순 없어요. 사람이 빠져나와야만 한다고요. ······여기서 웅크리고 자는 동우를 봐요. 불쌍하고 기특하잖아요. 나중에 동우에게 무슨 일이라도 생기면 그때는······"

"아이구, 그런 끔찍한 말씀을······"

"이미 어머니도 저도 경험했잖아요. 조금만 마음을 놓았다 싶으면 뒤통수를 치는 게 세상이더라고요. 그러니 이제는 동세가 아니라 동우 어머니로 사셔야 해요. 예?"

선생의 간곡한 호소가 벽을 넘어 동우에게도 전해지는 것 같다. 고맙습니다. 제발 그렇게 도와주세요. 우리 어머니 살려주세요! 동우는 요량 없이 젖어드는 눈가를 쓱쓱 비빈다.

8월 1일, 연우·어머니

토요일 오후다. 민정이 맥도날드를 쏘겠다며 밖으로 나가자고 한다. 나 보는 거 마지막일지 몰라…… 책을 펴던 연우는 민정을 올려다보며 주섬주섬 가방을 챙긴다. 농담이라고는 모르는 애가 무슨 말이야……

민정이는 '런치세트'를 앞에 두고도 뜸을 들인다. 답답한 연우가 재촉을 하자 그제야 입을 연다.

"△△대학은 어떻게 되었어? 학교당 한 명만 추천받을 수 있다며?"

"성적순이라고 하니 내가 되겠지. 담임 말로 지영이보다 내가 1.8점 앞선다 하더라고."

"그래? 내가 들은 얘기하고 다르네. 아까 서류 낸다고 교무실에 갔었거든."

"응? 무슨 서류?"

"연우야, 나, 자퇴했어. 한 시간 전에."

"뭐, 자퇴? 민정이 네가?"

"콜라 쏜다. 진정하고 들어. 그래, 자퇴."

"무슨? 네가 학교 생활을 얼마나 열심히 해왔는데, 말도 안 돼."

"후후, 나 같은 애가 자퇴하면 학교가 나쁜 거라고 선생님도 그러더라. 너 나가면 나도 나가야 할 거 같다고도 하시고. 하지만 별수 있어? 일학기 성적을 완전 꼴아박았잖아. 그것도 수학을······ 너도 알잖아. 무슨 귀신에 씌었는지 문제 잘 풀어놓고 더하기 잘못해서 놓쳤잖아. 그것도 모자라 답지도 내려쓰고······ 극복할 방법이 없어."

"그랬던가? 아무튼······ 특목고 애들이 자퇴하는 그런 이유인 거야? 내신 세탁? 홍, 학교 예찬론자도 별 수······"

연우는 말을 하다 말고 민정의 표정을 살핀다. 학교를 그만두는 마당에 이런 소리가 무슨 소용이란 말인가. 민정이마저 극한 처방을 하게 하는 학교는 또 무어란 말인가. 검정고시 출신은 고등학교 내신 성적이 없으니 별도의 지침에 의해 내신 점수를 받게 된다. 다름 아닌 자신이 받은 수능 점수를 환산하는 것이다. 남들이 삼 년 동안 노력해서 받는 성적을 단번에 얻는 셈이다. 수능 한 방으로 내신까지 챙기는 것, 그것이 공부 잘하는 자퇴생의 실상이다.

"연우야, 나도 고민 많이 했어. △△대학은 어릴 때부터 내 꿈이었어. 꼭 가고 싶은 곳이라고. ······그런데 지금 상태로는 답이 없어. 재수한다 생각하고 새출발할래."

"스파르타식 학원 같은 데? 아무리 그래도 여태까지 다닌 학교인데, 아깝지 않아?"

"고딩 시절이 없어지는데 왜 안 그렇겠어. 고딩 동창이 평생 재산이라는 말도 들었고 나름대로 행사도 많았지. 그래도 어쩌겠어. ……대학이 ……먼저더라. 연우야, 너도 그랬지만 나, 열심히 했어. 그런데 결국 낙오야. 더 이상 시간 낭비 안 할래. ……먹자."

먹자고 하더니 두 눈이 먼저 벌게진다. 연우는 가만히 냅킨을 건넨다. 뭐라 할 말도 없다.

한참 뒤 기계적으로 햄버거를 씹던 민정이 먼저 입을 연다.

"참, 아까 그 얘기, 우연히 담임과 김민숙 선생이 하는 말을 듣게 되었는데 △△대학은 스펙을 많이 본다며 걱정이 많더라. 지영이가 유리하다는 말이 계속 나온대. 학교 측에서야 누구든 합격생을 내는 게 중요하니까 교장도 흔들릴 것 같다고 말이야."

"설마?"

"그래, 설마하니 그런 일이 있겠나. 김민숙 선생도 원칙이 있는데 무슨 소리냐고 하더라. ……아무튼 연우야, 우리 나중에 △△대학에서 만나자. 내가 후배로 들어간다고 무시하지 마라."

연우는 민정이의 모습이 사라질 때까지 횡단보도 앞을 떠나지 않는다. 배웅하고 학교로 돌아가려던 애초의 계획과는 달리 민정이가 떠난 방향대로 걸음을 옮긴다. 집으로 가자, 연우는 혼잣말을 계속한다. 자퇴, 자퇴라…… 폭탄 맞은 기분이다. 고등학교는 대학을 가기 위한 코스라고 연우가 말할 때마다 민정이는 눈살을 찌푸리곤 했다. 살아가는 지혜? 평생 친구? 더불어 사는 문화? 연우는 민정이가 했던 말들을 읊조린다. 흥? 이 바보야, 이제 알았어? 연우는 민정이가 앞에 있기라도 하듯 쏘아붙인다. 그런데 기분이 아주 묘하다. 스스로에게 반발심이 생기는 것이다. 민정이가 맞고 내가 틀려야 하지 않나? 그래도 학교는 있어야 하지 않나? 연우는 화풀이하듯 돌멩이를 툭툭 찬다.

집으로 돌아온 연우는 안방 문을 슬쩍 민다. 어제 퇴원한 어머니가 벽을 향해 누워 있다. 한밤중에 들어왔던 아버지는 이미 나가고 없다. 일에 중독된 사람처럼 운전에 매달린다. 웃음은 고사하고 말문조차 닫았다. 북이나 꽹과리를 치던 예전의 아버지가 낯설었다면 지금의 아버지는 무서웠다. 네가 그런 말할 자격 있어? 내가 왜 이러는지, 이럴 수밖에 없는지 단 한 번이라도 생각해봤냐고…… 아버지가 침묵하자, 듣기 싫어 귀를 막았던 말들이, 불쑥불쑥 떠올랐다. 앞서 싸우지나 말지 쪽팔리게시리…… 연우의 말에 부들부들 떨던 아버지의 모습도 생각났다. 그땐 왜 그랬을까? 연우는 실수했다고 여기면서도 제스처를 바꾸진 않았다.
아버지에 대해서도 그렇지만 요즘 따라 연우는 부쩍 생각이 많아졌다. 많은 부분은 김민숙 선생의 논술 수업 때문이다. 처음에는 불만도 많았지만 회를 거듭할수록 재미가 있었다. 어제 수업은 「눈길」(이청준)에 대해서였다. 1학년 때 배우긴 했으나 주제가 효도였다는 것만 기억나는 소설이었다. 김민숙 선생은, 전문을 다시 읽고 몇 가지 질문을 모둠별로 해결하라 했다. 현재 시점의 사건은 무엇인가? 현재 사건에서 일어난 가장 중심적인 변화는 무엇인가? 노모가 옷궤를 간직하는 이유는? 주인공은 왜 빚이 없다는 말을 강조하는가? 아내는 어떠한 역할을 하는가? 십칠 년 전 노모의 눈물과 현재 주인공의 눈물은 어떤 의미를 가지는가…… 다른 모둠과 마찬가지로 연우 모둠도 이야기가 무성했다. 가장 중요한 사건은 빚이 없다고 여기다가 빚이 있다고 여기는 것인데, 다른 말로 바꿔보면 돈만 따지다가 그러지 않게 되는 이야기, 당당하다가 미안해지는 이야기, 양심의 가책을 느끼지 않다가 느끼게 되는 이야기로 정리가 되었다. 연우의 눈길은 고등학생인 화자와 노모가 버스 정류장에서 이별하는 장면에 오래 머물렀다. 집과 어머니 생각을 싹둑 자르는 아들과 회한으로 눈물 흘리는 어머니가 대비되었다. 그 후로도 어머니는 내내 미안해하며 아무런 요구도 하지 않는데 아들은 십칠 년이 지나서야, 그것도 아내의 도움으로 간신히, 자신의 잘못을 깨닫는다. 결국 물질이 중요하다고 생각했던 화자가 정신의 가치를 알게 된다는 이야기…… 연우는 고개를 끄덕이고 말았다. 이론으로 말했다면 인정하지 않았을 텐데 토론과 해설을 거치면서 자연스레 수긍하게 되었다. 덧붙여 연우는 화자의 모습에서 연우 자신을 봐버렸다. 소설 읽기가 내내 불편했던 이유도 그래서였을 것이다. 아주 짧은 순간의 번득임이었지만 좀처럼 잊히지 않을 경험이었다.

소설 분석에 이어진 글쓰기의 논제는 '「눈길」의 아들과 「연」(김원일)의 아버지를 비교한 다음, 사례를 들어 바람직한 생활 태도를 서술하시오'였다. 언제는 「뫼비우스의 띠」(조세희)와 「내 그물로 오는 가시고기」(조세희)를 엮더니 이번에는 일곱번째 소설과 여덟번째의 소설을 묶어서였다. 연우라면 당연히 가족에 대한 책임 의식 없이 떠돌이병에 사로잡힌 「연」의 아버지보다 가난을 딛고 성공한 「눈길」의 아들 편이다. 그런데 십칠 년 동안 아들은 피해 의식과 외로움의 수렁 속에 갇혀 있었단 말이지? 그럼 어떻게 하란 말이야? 부모형제들을 일일이 고려해야 했다고? 만약 그랬다면 번듯하게 자리잡을 수 있었을까…… 생각이 고물고물 퍼졌다. 상념의 끝은 뜻밖에도 아버지였다. ……아버지도 현실을 떠나고 싶은 순간이 있었겠지. 내키는 대로, 하고픈 대로 살고 싶었겠지. ……하지만 아버지는 다시 운전대를 잡았다. 그렇다면 어머니, 동우, 나는 뭐란 말인가. ……연에 달린 실, 연을 끌어내리는 자새…… 명치끝이 아릿하고 눈앞이 흐려졌다.

어머니는 고치 속에 든 누에처럼 이불을 감고 돌아누워 있다. 자는 건지 누워만 있는 건지 모르겠다. 연우는 밥을 같이 먹자고 말하려다가 안방 문을 닫는다. 닫자마자 다시 연다. 연우는 다급하고 초조한 마음으로 엄마, 엄마, 거듭 부른다.

"머리가 아파서 그래. 좀 누워 있을게."

후, 연우는 자기도 모르게 한숨을 쉰다.

"병원 약은?"

"두통 때문에 아직…… 곧 먹을 거야."

어머니가 고개를 들며 천천히 말한다. 다행이다. 머리끝이 쭈뼛섰던 이상한 기운은 느낌에 불과했다. 의사가 그러는데 매순간 지켜봐야 한대. 동우 말을 떠올리지 않더라도 어머니는 쳐다볼 때마다 불안했다. 바짝 시든 이파리 같다가도 갑자기 벌컥 화를 내고, 급기야 까무러지기도 했다. 연우는 나약해 빠진 어머니가 싫었지만 '환자'라니 주의를 기울일 수밖에 없었다.

대문 밖으로 나오니 숨쉬기가 한결 낫다. 그늘이 드리워진 골목은 바람이 없어도 시원해 보인다. 연우는 슬리퍼를 끌며 골목 끝까지 갔다가 다시 돌아온다. 몇 번 반복하다 보니 옆집 담장에서 뻗어나온 능소화나 주홍색 꽃을 매단 석류나무도 새롭게 보인다.

아, 그렇지! 연우의 머릿속에 전구가 켜진다. 한참을 바장이던 이유를 그제야 깨닫는다. 연우는 사거리 모퉁이까지 성큼성큼 걸어간다. 예전에 노점이 있던 자리다. 마름모형으로 꺾이며 생긴 그 공간은, 표지판의 설명을 빌리자면, 도시 미관을 보호하기 위한 커다란 돌확이 놓여 있다. 연우는 돌확의 꽃을 보는 척하면서 도로 건너편에 앉아 있는 할머니를 쳐다본다.

어제 오후였다. 독서실로 가던 연우의 눈에 노점이 눈에 들어왔다. 약국 담을 끼고 펼쳐진 파라솔 그늘 아래 야채들이 올목졸목 벌여 있었다. 그리고 할머니가 붙박이처럼 앉아 있었다. 한 달 사이에 허리가 더 굽은 것 같았다. 할머니가 고개를 돌리자 연우는 자기도 모르게 외면했다. 뒤를 돌아보지도 않고 서둘러 자리를 떠버렸다. 인사하는 게 뭐가 그렇게 힘들다고. 스스로 생각해도 납득이 안 되는 짓이었다. 그래서였을까, 등 뒤에 꽂히는 할머니의 시선이 간밤 내내 연우를 괴롭혔다.

전날의 기억을 지우기라도 하듯 연우는 심호흡을 크게 한 다음 횡단보도 앞에 선다. 신호등이 바뀌자 연우는 성큼 발을 뗀다. 그런데 길을 다 건널 쯤 반대편에서 걸어오는 아버지를 본다. 아버지는 환하게 웃으며 할머니에게 다가가고 있다. 연우는 급한 대로 주차 차량 뒤로 몸을 숨긴다.

"어머니!"

아버지의 말에 굽은 허리를 한 채 할머니가 올려다본다. 몇 번이고 눈만 슴벅이던 할머니가 소리 없이 웃는다. 주름이 백 개쯤은 잡히고 썩은 이가 다 드러나는, 굵은 미소다.

"결국 다시 하시는 겁니까? 몸도 안 좋으시면서."

"놀면 뭐 하니. 다행히 약국 주인이 자리를 내줬어야. 우리 성당 분이시라서."

아버지가 쪼그려 앉는다. 연우도 무의식적으로 몸을 낮추며 차에 바짝 붙는다.

"죄송해요, 어머니. 뭐라 드릴 말씀이 없어요."

할머니가 무슨 소리냐며 손을 흔든다. 검고 두꺼운, 한정 없이 거친 손이다.

"에미는 어쩌고 있니? 너무 심성이 고와서 그렇다. 날마다 성모님께 기도한다만 마음이 짠해."

"울기만 하고 도통 움직이질 않으니…… 나아지겠지요."

"암, 낫고말고. 애비가 그리 용을 쓰는데…… 운전하기 힘들지? 마음고생은 또 얼마나 많으시겠나. 눈 감고 귀 막고 사는 일이, 간단한 게 아닐 텐데…… 에고, 짐이 무거워 어쩌니. 이 늙은 것은 도움도 못 되고……"

할머니는 기어이 눈물을 비춘다. 손이 잡힌 아버지의 눈가도 붉어진다. 지나가는 사람들이 흘깃거리는데도 할머니는 아버지 손을 자꾸만 쓰다듬는다. 연우는 듬성듬성한 아버지의 머리카락과 이마의 주름, 울 듯 말 듯한 표정을 쳐다본다. 무엇인가가 가슴 저 밑에서부터 뭉클거린다. 점점 부푸는 그 무엇이 온몸을 채우는 느낌이다. 천천히 눈앞이 뿌예진다.

아버지가 일어난다. 쥐가 났는지 발을 동동거린다. 키 작은 할머니는 그런 아버지를 올려다보며 어쩐다니, 어쩐다니, 안절부절 못한다.

아버지는 몇 번이고 뒤돌아보며 고개를 숙인다. 할머니는 손을 내저으며 아버지를 배웅한다. 아버지와 거리가 저만치 떨어지자 연우도 몸을 일으킨다. 그런데 할머니는 아직도 눈물 바람 중이니 조금 더 지체해야 할 듯하다.

"아이구, 이게 누구야. 우리 애기, 고맙다, 고마워. 아이고 천주님, 오늘은 복이 넘칩니다."

"그냥 지나가다 와봤어요. 갈 거예요."

짠한 마음과 달리 퉁명스럽다. 말은 그렇게 하면서도 연우는 아버지처럼 쪼그려 앉는다. 눈을 마주치지 않지만 그윽한 할머니의 시선을 느끼며 노점 물건들을 해찰한다. 연우는 줄느런히 선 야채들과 할머니의 손을 번갈아 바라본다. 할머니가 쓰다듬던 아버지 손도 떠올린다. 꼭 닮은 두 손, 거칠기는 하나 정직한 손이다. 남을 괴롭힌 손도, 남의 것을 빼앗은 손도 아니다…… 연우는 자기 손을 펴본다. 희고 곱다란, 지문마저 연하고 부드러운 손이다. 이 손도 언젠가는 할머니와 아버지 손처럼 거칠어질까? 저 손처럼? ……아니야, 연우는 뻗어 나가는 생각을 끊는다. 난 싫어. 종일 야채나 다듬는 일 못해. 월급도 못 받는 운전 따위는 안 해…… 연우는 단호하게 고개를 젓는다.

"아가, 왜? 무슨 일이 있는 거야?"

"아니야, 할머니. 일은 무슨…… 지난번엔 죄송했어요. 너무 속상해서 그만……"

"힘들 때는 그래도 돼. ……연우야, 그럴 때 물받이가 되려고 있는 게 가족이야. 도와주지 못해 나도 마음이 아팠어……"

할머니는 다시 눈물 바람이다. 못 본 척하는 연우의 눈도 시큰거린다.

한참 만에 일어난 연우의 손에 비닐 봉투가 덜렁거린다. 콩나물에다가 풋고추, 호박까지 해서 제법 묵직한 그놈을 흔들며 연우는 집으로 돌아간다. 밥을 안치고 콩나물국을 끓이는 동안 설거지도 해야겠다고 생각하자 걸음이 더 빨라진다. 그럴 리 없겠지만 혹여 어머니가 감동이라도 할라치면 워낙에 심심해서 해봤을 뿐이니 착각하지 말라고 쏘아붙여야지 마음먹는다. 그 또한 나쁘지 않을 성 싶다.

어머니가 거실에 앉아 있다. 뜻밖이다. 사람의 몸이 아니라 먼지나 허깨비 같은 게 뭉쳐 있는 것 같아 보인다. 연우는 비닐 봉투를 바닥에 놓으며 조심스럽게 다가간다.
"왜 나와 있어요? 안 더워? 선풍기 켤까?"
"아니, 괜찮다."
연우는 어머니 손에 들린 종이를 기웃거린다.
"뭐예요?"
"아무것도 아니야…… 아, 연우야."
어머니는 쪽지를 감추려다 말고 펼쳐 보인다.
"이걸 어떻게 끊어 읽어야 하니? 뭐가 뭔지 모르겠네."
"시네. '백석' 거."
"병원에서 하도 심심해서 베껴 쓴 거야. 옆 침상 여대생이 가지고 있던 책에서……"
"언어 영역 문제로 많이 나오는 건데 이 시가 마음에 들었던 거예요? 음, 이게 제목인데, 남신의주 끊고 유동 끊고 박시봉 방, 이렇게 읽으면 돼요. 화자가 세든 집 주소를 제목으로 삼은 거야. 박시봉은 주인 이름이고."

그 순간 연우를 바라보는 어머니의 눈이 반짝인다. 연우는 느닷없는 울렁임을 느끼며 어머니를 바라본다. 이상한 힘에 이끌리듯 본문을 손가락으로 쓸어내리고 있는 어머니 옆에 앉는다.

"어디, 같이 봐요. 이 부분이 좋은 거야? '나는 이 습내 나는, 춥고 누긋한 방에서/ 낮이나 밤이나 나는 나 혼자라도 너무 많은 것처럼 생각하며……' 아니예요? 그럼 여기? '내 가슴이 꽉 메어올 적이며/ 내 눈에 뜨거운 것이 핑 괴일 적이며/ 또 내 스스로 화끈 낯이 붉도록 부끄러울 적이며/ 나는 내 슬픔과 어리석음에 눌리어 죽을……' 에이, 이건 좀 그렇다."

대꾸 없이 웃고만 있는 어머니를 보자니 마음이 초조해진다. 연우는 조급증을 느끼며 시를 다시 짚는다.

"엄마, 이 시가 말하는 건 지금부터야. 봐, 여기 '그러나'라고 되어 있잖아. '내 어지러운 마음에는 슬픔이며, 한탄이며, 가라앉을 것은/ 차츰 앙금이 되어 가라앉고.' 이 부분이 중요한 거야. …… 아, 그렇지. 그리고 여기 맨 마지막, '쌀랑쌀랑 소리도 나며 눈을 맞을/ 그 드물다는 굳고 정한 갈매나무라는 나무를 생각하는 것이었다.' 이게 주제란 말이에요."

뭐가 이렇게 간절한 걸까? 연우는 제 목소리에 제가 놀란다. 하지만 어머니는 다시 소리 없이 웃기만 한다. 메마르고 쓸쓸해 보인다. 여름 가운데 놓인 겨울 같다. 사람이 말을 하면 뭔 대꾸가 있어야 하는 거 아니야? 괜히 나만 우습게 되었잖아. 마음속에서 말들이 수런거린다. 참고 있자니 성질이 다시 뻗친다. 하지만 연우는 올라오는 말을 삼킨다. 수술실 밖에서의 초조함 같은 건 다시 경험하기 싫다.

어머니는 반듯하게 편 쪽지를 다시 쓸어내린다. 점자책이야 뭐야? 지켜보고 있던 연우는 기어이 한마디 내뱉고 벌떡 일어난다. 씩씩대며 성큼성큼 걸어 싱크대 앞으로 간다. 수돗물을 확 튼 다음 할머니에게 받은 비닐 봉투를 거꾸로 든다.

8월 8일, 동우·창미

열대야가 계속되더니 팔월인데도 비가 잦다. 계절도 예전 같지 않아, 지구가 생병을 앓는 거지…… 사장의 말을 건성으로 들으며 동우는 간이 의자에 앉아 여우비를 보고 있다. 재빠르게 나타났다가 순식간에 사라지는 여우를 닮았다는, 쨍쨍한 햇빛 사이로 홀연히 내리는 비다.

전화벨이 울린다. 동우는 화들짝 놀라며 폴더를 연다. 창미가 아니라 어머니다. 그래도 놀라기는 마찬가지다. 어디 쓰러지기라도 한 걸까?

"일하는 중이야?"

"예. 약은 드셨어요?"

"……동우야, 미안하다. ……싸우는 모습만 보이고……"

"아니에요. 고기 절이는 데 넣었다고 말씀을 하시지, 우리 몰래 다시 술을 마시는 줄 알고…… 제가 아버지였어도 그랬을 거예요. 어머니가 이해하세요. 아버지도 마음은……"

"언제부터 잘못된 건지 모르겠구나. ……힘들고 겁나니까 애먼 네 아버지만 괴롭히고……"

"에이, 마음에 걸리시는구나! 전화 번지수가 잘못된 거 아니에요? 아버지에게 전화 한번 하세요. 좋아하실 텐데."

"……지긋지긋할 거야."

"누가? 아버지가? 절대 아니에요. 그냥 전화 한통 해요. 어려운 거 아니잖아요. 예?"

동우는 간절하게 말하는 것으로 모자라 거듭 다짐을 받고 전화를 끊는다. 뭔가 꽉 막힌 것처럼 마음이 답답하다.

동우는 통화 버튼에 손을 댔다가 이내 거둔다. 방금 어머니에게는 꼭 하라고 말해놓고서 스스로는 자신이 없다. 그저 아랫입술을 깨물거나 흩뿌리는 비를 볼 뿐이다. 처음엔 믿기지 않았다. 여자의 관심 따위를 생각해본 적 없는 데다가 워낙에 제멋대로인 애라 당황스럽기만 했다. 동우를 상대로 장난을 치고 있거나 모두에게 친절한 애라고 생각했다. 하지만 시간이 갈수록 자신감이 조금씩 붙고 창미의 스타일에도 서서히 익숙해졌다. 싸움도 많았지만 몇 시간을 넘기지 않았다. 성질 급한 동우가 내지르는 고함을 창미는 참아주었고, 창미가 잔소리를 퍼부을 때면 동우가 허허 웃고 말았다. 남녀의 만남이란 결국 그런 것인지 동우는 점점 창미의 바람대로 웃고, 수다 떨고, 손을 잡거나 껴안게 되었다. 시나브로 물이 스며

드는 한지처럼, 동우는 서서히 창미에게 젖어왔던 것이다.

간혹 고급 음식을 먹거나 비싼 선물을 받을 때는 습관으로 굳을까 두려웠고 그것 때문에 사귀는 건 아닌지 반성도 했다. 창미가 동우의 감정을 다치지 않게 잘 처신했지만 동우의 마음이 개운한 것은 아니었다. 그런 이유에서였을까? 창미가 원하는 대학에 원서를 넣었다고 할 때 동우는 핑계 삼아 선물을 안겨주고 싶었다. 어차피 월급 지출 일순위이기도 했다. 이왕 해주는 거, 원하는 것을 말하라 했더니 창미는 며칠 동안이나 고민했다. 돈 많은 애가 그러니까 더욱 예뻐 보였다. 결정은 기타. 비교적 저렴한 것을 살 수밖에 없었지만 창미는 조만간 연주를 들려주겠노라 약속했다. 동우의 하모니카와 듀엣하자는 얘기도 했다.

동우는 도로와 휴대전화를 번갈아 보면서 다시 창미 생각에 잠긴다. 창미도 동우 인생에 문득 나타났다가 홀연히 사라지는 건 아닐까. 저 여우비처럼…… 동우는 다시 아랫입술을 깨문다. 이미 창미 쪽으로 마음이 굽어버렸는데, 어떤 일을 하든지 가슴 한구석은 창미가 들어와 있는데, 어쩌란 말인가.

창미는 나날이 신이 났다. 운전 학원과 기타 학원도 모자라서 수영장까지 등록했다. 아침부터 밤까지 스케줄이 빡빡했다. 학교에 나가지 않는 건 동우도 마찬가지인데 서로의 일상은 너무나도 달랐다. 예비 대학생과 가난한 알바생의 차이가 이런 건가, 동우는 툴툴거리지 않을 수 없었다.

때에 맞춘 듯이 전화와 문자 메시지가 드물어지고, 만나도 운전이나 기타 얘기밖에 할 줄 몰랐다. 동우의 전화가 씹히는 경우도 있었다. 동우는 그런 창미가 미웠다. 그럼에도 불구하고 여전히 창미에게 집착하는 자신이 불안하고 두려웠다.

헤어지자고 말한 건 본의가 아니었다. 감정이 울컥하는 바람에 엉겁결에 나온 말이었고, 조만간 창미 입에서 나올 말을 대신할 뿐이라고 생각했다. 그 말을 하자 창미는 한참 동안 동우를 노려보았다. 동우는 창미의 눈길을 피하며 다시 이죽거렸다. 내 처지 잘 안다. 네가 나 같은 놈을 좋아할 리 없지. 말해봐, 갖고 놀았던 거지? 안 속는다.

그 순간 머리통이 불붙는 것 같았다. 기타는 머리뿐 아니라 어깨와 가슴, 팔도 그냥 두지 않았다. 동우는 머리를 감싸며 자리에 주저앉았다. 조그만 애가 뭔 힘이 그렇게 센지 눈앞이 다 번쩍거렸다. 기타가 부서지면 어떡하나 걱정도 되었다. 비겁한 놈, 나쁜 자식, 고작 그따위 말밖에 못하냐? 이연우와 넌 똑같아. 이기적인 놈, 남을 좋아한다는 게 뭔지도 몰라. 지가 만든 틀에서 한 발짝도 못 나오는 겁쟁이……

휘두르는 속도가 점점 느려지면서 새된 목소리도 조금씩 잦아들었다. 하지만 동우는 고개를 들지 못했다. 한 번도 들어보지 못한 낮고 싸늘한 말이 쏟아졌다. ……그래, 언젠가 감정이 식겠지. 헤어질 수도 있을 거고. 어차피 미래는 알 수 없는 거니까. 하지만 나는 최소한 나중 일이 두려워서 지금을 놓치진 않아. 사람 두고 이리저리 재지 않는단 말이야. 갖고 놀았냐고? 내가 너를? 여태껏 봐

오고도 고작 한다는 소리가……

그때 동우는 일어나고 싶었다. 창미를 안으며 미안하다고 말하고 싶었다. 입술을 포개 말을 막고 싶었다. 하지만 갈팡질팡하는 동안 창미는 벌써 저만큼 달아나버렸다.

동우는 간이 의자에 앉은 채 그날처럼 머리카락을 쥐어뜯는다. 매순간 창미를 생각하면서도 끄덕끄덕 시간만 흘려보냈다. 휴대전화를 든 채 온종일을 바장일 뿐 통화 버튼을 누르지 못했다. 문자메시지조차 용기가 없었다. 창미가 쏘아붙일 말들, 결별 선언이 두렵기만 했다.

돌이켜 보면 창미의 사랑을 넘치도록 받은 것은 분명했다. 받기만 하고 해준 것은 없었다. 다른 모든 일이 그러했듯 후회만 남는다. 한참 동안 생각에 빠져 있던 동우는 무거운 고개를 끄덕인다. 그래, 이제라도 창미가 원하는 대로 해주자, 내 주제에 그만한 애정을 받은 것만 해도 고마운 일이지, 동우는 거듭 마음을 다졌다. 구걸하지 않기, 귀찮게 하지 않기, 원망하지 않기…… 동우는 날마다 입술을 깨물며 외우고 또 외웠다. 하지만 감정 정리와 다짐은 전혀 다른 문제였다. 아, 한순간도 벗어날 수 없구나, 창미야말로 나를 붙들어온 가장 강력한 힘이었구나…… 때늦은 깨달음만 절실할 뿐이었다.

여우비를 보고 있자니 창미가 더 그리워진다. 어찌할 수 없는 마음을 위로받고 싶기도 하다.

─선생님, 잘 지내시지요?

최혜진 선생에게 문자 메시지를 보낸다. 창미 문제로 상담하면서 그녀와 한결 가까워졌다. 그때 그녀는 말했다. 충분히 공감해. 우리는 감정 문제에 있어 늘 너무 일찍 표현하거나 너무 늦게 깨닫는 거 같아. 서툰 거지. 너도 헤어지고 나서야 상대의 소중함을 알게 된 거잖아. ……나는 성급하게 표현하고 후회한 경험이 있어. 이러나 저러나 지난 일을 다시 돌이킬 수는 없으니 지금이라도 자기 감정을 들여다봐야지. 붙잡아야 할 상대라면 무릎이라도 꿇고, 그렇지 않다면 단호하게 마음을 접어. 자존심이 구겨지든, 후회가 되든, 책임은 본인에게 있는 거고…… 이동우! 힘내라. 걔가 사람 볼 줄 안다면 너의 성품이나 진심을 알 거야. 그것 모르는 애라면 그깟 애, 헤어지는 게 낫지. 헤어져. 내가 좋은 애 소개시켜줄게……

최혜진 선생은 농담조로 말을 마쳤다. 낯이 간지럽기도 했지만 기분이 한결 풀렸다. 매번 느꼈던 긴장과 부끄러움도 한결 가셨다. 존경심과 별도로 인간 대 인간으로 공감하는 마음이 들었다. 선생님은 어떻게 모르는 게 없으세요? 기분이 헐거워진 동우가 너스레를 떨자 그녀는 한참을 소리 높여 웃었다. 나를 그렇게 봐준다니 네가 내 제자이긴 한가 보다. 나, 모르는 거 천지야. 그저 내 마음 짚어 남의 마음 헤아리는 것일 뿐이지. 책도 많이 읽었어. 그러니 우선 내가 덜 외롭고, 다른 사람도 세상도 좀 보이더라. ……내친 김에 더 말할까? 마음이 안정되고 세상이 보일락 말락 하니까 이제는 공부 욕심이 생겼어. 이렇게 팍팍한 현실의 원인이 무엇인지, 왜 다들 돈만 생각하고 저만 생각하게 되었는지 그 원인을 캐보려고 해.

논리적으로 설명하고 싶은 욕심이 생겨…… 어이구, 네 연애 문제 공감한다는 뜻에서 시작한 얘기였는데 너무 빗나갔다. 아니요, 잘 들었어요. 살짝 감동했어요. 그래, 고맙다.

　—여우비 보고 있었구나? 내면의 소리를 잘 들어라. 용기는 시간을 좁힌다.

　동우는 교무실이나 도서실 창 앞에 서서 밖을 바라보고 있을 최혜진 선생을 떠올린다. 그녀의 마음이 고스란히 느껴지자 새삼 고마운 마음이 더해진다. 용기는 시간을 좁힌다고? 내 마음 짚어서 남의 마음을 헤아리라고? 창미는 지금 어떤 심정일까? 혹시 내 전화를 기다리는 건 아닐까…… 동우는 크게 심호흡을 한 다음 휴대전화를 꺼낸다. 시한폭탄이라도 되는 듯 조심스럽게 폴더를 연다.

　망설이고 있는 중에 중형차 한 대가 들어오고 있다. 동우는 오히려 잘됐다 싶어 폴더를 덮는다. 습관적으로 일어나 어서 오십시오, 외친다. 생각 없이도 몸을 움직일 수 있다는 건 얼마나 다행인가. 동우는 다시 한 번 큰 소리로 인사를 하며 차 옆에 선다. 휘발유 오만을 확인한 다음 주유총을 꽂는다. 손님 차의 앞 유리를 닦으려는 순간 자우림의 노래가 울린다. 동시에 동우 눈이 화들짝 커진다. 맞다! 라디오 채널이 바뀐 게 아니라 동우의 호주머니에서 울리고 있다. 발신자가 창미일 때만 울리게 설정되어 있는 음악이다. 가슴에서 시작된 두근거림이 온몸으로 퍼진다. 동우는 세제와 걸레를 던지고 힘껏 뛴다. 손님의 손짓과 진석이 외치는 소리, 그 무엇도 동우를 돌려세울 수 없다.

동우는 소공원 입구에서 달리기를 멈춘다. 미처 고르지 못한 숨이 턱에 차고 눈이 맵다. 동우는 자귀나무 그늘 아래에 잠시 선다. 가쁜 호흡과 벌게진 얼굴을 진정시킨다. 땀 냄새가 많이 날 텐데, 이렇게 젖은 옷을 어쩐담? 역시 앞뒤 못 가리고 성질 급한 놈은 어쩔 수 없다. 동우는 말리기라도 하듯 윗옷을 펄럭여본다.

벤치 끝에 창미가 앉아 있다. 처연하다. 동우는 반대편에 엉덩이를 조심스럽게 걸친다. 아무리 해도 할 말이 생각나지 않는다. 바보가 달리 없다. 잠시의 정적 끝에 창미가 고개를 돌린다.

"왔어?"

방금 헤어졌다 만난 사이처럼 무심한 말투다. 동우의 마음이 후드득 내려앉는다.

"창, 창미야. 그동안……"

"보고 싶어서…… 할 말도 있고."

동우의 가슴속으로 창미의 음성이 쑤욱 들어온다. 혀끝에 닿는 아이스크림 같다.

"미안해. 진심이 아닌 말로 널 힘들게 했어. 두, 두려워서……"

그 순간 창미가 동우의 손을 잡는다. 손 하나 잡혔을 뿐인데 몸이 굳고 입술이 떨린다. 그렇다고 넓은 가슴 안으로 창미를 끌어당길 기운마저 사라진 건 아니다.

안기는가 싶더니 창미가 몸을 뺀다. 할 말이 있다는 것이다.

"그동안 듣기만 했는데 나도 우리 집 얘기 좀 하고 싶어. 너 알다시피 내가 온갖 소리를 다 해도 아직 집 이야기는 한 번도 안 했다.

아니 못한 거지. 그런데 불현듯 하고 싶다는 생각이 들었어. 들어줄 사람은 당연히 너여야 한다고 생각했고."

말이 끊기고 한숨 소리만 연속이다. 설상가상이라더니 부모님이 알게 되었구나, 이제 정말 끝인가 보다! 창미의 말이 예상되자 동우도 한숨을 쉰다. 원망하지 않기, 귀찮게 하지 않기…… 마음속으로 다짐의 구절들을 다시 되뇐다. 그러면서도 창미의 손을 놓지 못하고 있다.

"너도 짐작했겠지만 우리 집, 부자야. 증조할아버지 때 돈을 왕창 벌었다더라. 일제 강점기 때라니까 구린 냄새가 딱 나잖아. 시작부터가 부끄러운 판에 아빠는 한 번도 직업이 없었어. 하긴 할아버지도 그랬다더라. 웃기지 않냐? 어떤 사람들은 월급 때문에 몇 달씩이나 데모하는데 우리 집은 골프다 스킨스쿠버다 해서 날마다 돈을 뿌려도 여전히 부자야. 돈은 건물이 벌고 땅이 불려준단다. 그걸 또 대놓고 자랑을 해요. 천박하게시리…… 그뿐이 아니야. 사흘돌이로 마누라 패는 건 또 무슨 심보냔 말이야. 나보고는 모른 척하라지만 엄마 맞는 걸 그냥 볼 수 있나. 말리다 보면 나도 당하지. 골프채에 맞는 건 다반사고 유리에 살이 찢어지기도 했어. 엄마는 담뱃불 지짐도 당했고…… 집으로 젊은 여자까지 끌고 들어온다면 말 다한 거지. 수틀리면 그 여자도 패고…… 내가 여름을 싫어하는 것도 멍을 감추기 어려워서야. 그럴 때마다 아빠를 죽이고 싶고, 그런 마음을 먹는 내가 무서워."

"창미야……"

"말 끊지 마. 계속할래. 엄마? 혼자서는 세상의 온갖 욕 끌어 붓지만 이미 돈 쓰는 맛을 알아버렸으니 이혼도 못해. 그래놓고 나 때문에 참고 사는 거래. 치사하고 비겁하지. 그런데 둘 다 얼마나 위장술이 뛰어난지 남 앞에서는 그런 잉꼬부부가 없어. 넌 내 거야 하하, 우리 예쁜 창미 호호, 하면서 말이야. 교양 있고 세련되었다는 말은 들어야 하니까 음악회도 가고 미술관도 간다. 장식이고 옵션인 거지. 으윽, 팔짱 끼고 나가는 뒷모습을 보는 느낌이 어떤지 알아? 끔찍하고 무서워."

이야기를 듣다 보니 대수롭지 않게 넘겼던 일들이 떠오른다. 같이 길을 가다가 싸움 구경을 하게 되었다. 멀쩡하게 생긴 신사가 상대 멱살을 잡고 잡도리하고 있었는데 아들처럼 보이는 쪽도 만만찮아 거칠게 몸을 뺐다. 서로 핏대를 올리며 덮치고, 욕하고, 악을 썼다. 창미는 얼른 가자며 동우 팔을 잡아당겼다. 잠깐만, 재밌잖아. 그렇게 말했다가 파랗게 질린 창미의 표정 때문에 머쓱해진 적이 있다. 자주 넘어진다거나 반창고나 거즈를 붙이는 것도 다 이유가 있었다.

하지만 동우는 그런 생각보다 빛이 쏟아지는 느낌부터 받는다. 갑자기 믿고 싶은 하느님의 선택을 받은 기분이다. 스포트라이트의 주인공이 된 것이다. 동우는 창미의 아버지가 성격 파탄자라니 좋다. 어머니가 허영에만 젖어 있다니 기쁘다. 걸핏하면 싸우고 쌍욕도 마다 않는다니 더욱 좋다. 선녀 옷을 감춘 나무꾼처럼 동우는 마음이 놓인다. 열심히 벌면서 목표로 삼아야 할 곳이 창미 집 같은 곳이라면, 그것도 좋다. 꼭 도달하지 않아도, 부러워하지 않아도 되니 얼마나 다행인가 말이다.

"다 얘기하고 나니 속이 시원하네. 부끄럽지만 우리 집은 이래. 나에게 실망했지?"

"아, 아니. ……마음이 그렇게 쉽, 쉽게 왔다 갔다 한다면…… 감, 감정이 아니지."

"야! 왜 그렇게 더듬냐. 그러니까 결론은 이동우는 김창미를 좋아한다 이거지?"

"꼭 그, 그렇다기보다……"

그렇게 정곡을 찌르면 어떡하나, 멋대가리 없게시리…… 동우는 갑자기 갑갑해져오는 숨을 크게 내뱉는다. 덥다. 몸이 더워오는 건지 날씨가 더운 건지 모르겠다.

"그동안 너무 내 중심으로만 살았어. 부모 원망 안 하겠다, 대신 내 인생은 내 하고 싶은 대로 하겠다, 뭐 이런 생각…… 근데 너를 만나면서 나도 조금씩 변하더라. 네가 가족을 걱정하고 고민하고 행동하는 걸 보면서 우리 집도 생각하게 된 거지."

"아니야, 내가 뭘. 나 역시 어머니를 이해하지 못하겠어. 현실을 받아들이는 게 그렇게 힘들어? 본인이 상하는 줄도 모르고…… 화가 나고 미워……"

"그래, 바로 그거야. 감정과 상관없이 넌 잘하잖아. 그리고 너, 너네 어머니 사랑하고 있어. 사랑하니까 그런 욕심도 생기는 거야. ……누구나 불만은 있는 거고 그렇다면 인정하는 게 최선 아니겠나 생각했어. 내 멋대로만 살아온 것도 반성하고…… 암튼 내가 남친 하나는 잘 고른 거 같아. 그치?"

잘 나가다가 웬? 아무튼 제멋대로라니까, 반성한다는 말까지도.

"언제는 나보고 여친 하나는 잘 만났다 하더니."

동우는 피식 웃으며 앞말은 생략하고 뒷말만 한다.

"그래, 맞아. 내가 그랬지. 그러고 보면 우리 부모도 나한테 중요한 것을 가르친 거네. 번드르르한 겉을 믿지 않게 한 거, 다른 가치를 보게 한 거."

에게게, 그러면서 훌쩍이긴 왜 훌쩍이냐? 동우는 창미 쪽으로 가까이 당겨 앉는다.

창미가 머리카락을 걷어 올려 목덜미를 보인다. 엄마를 감싸다가 가구에 부딪혀 생겼다는 멍이 손바닥만큼이나 크다. 좋아라 했던 마음이 민망해진 동우는 그 멍을 손가락으로 쓰다듬는다. 열여덟 해를 보내는 동안 창미가 겪었을 외로움과 안간힘이 고스란히 전해지는 것 같다. 동우는 창미의 그렁그렁한 눈물까지 느끼며 어두운 멍에 가만히 입술을 댄다.

8월 14일, 연우·김민숙 선생

열흘 넘게 비가 계속되고 있다. 뜨거운 여름을 예고했던 언론 보도나 냉방 광고가 무색해져버렸다. 하지만 유달리 변덕이 심한 올해의 날씨를 보자면 아직 이러니저러니 말할 수 없다. 더위의 생명이 끝난 건지 화려한 복권을 꿈꾸고 있는지 종잡을 수 없는 것이다.

연우는 벌써 며칠째 계획한 공부 분량을 못 채우고 있다. 선생님이 칠판에 수학 문제를 푸는 지금도 딴생각 중이다. 뜨거워야 할 시점에 시나브로 내리는 비처럼, 온 힘을 짜내야 할 때에 느슨해져버렸다. 남들 다 치른 사춘기를 이제 겪는 것처럼, 문제집을 펴도 집중이 안 되고 생각이 멀리 가 있다. 아무래도 『소유냐, 존재냐』를 읽는 게, 그 내용으로 김민숙 선생과 얘기를 나누는 게 아니었다. 상금을 노리고 시작한 일이었는데 읽다 보니 가슴과 머릿속에서 이상한 생각들이 거미줄을 쳤다. 현대사회는 소유 양식이 지배한다는 건 알겠다. 소유가 인간소외를 낳는다고? 글쎄, 그런가? 연우는 고개를 갸웃거린다. 소유는 결코 자신의 존재를 채워주지 못한다는 것도 납득이 안 되고, 제대로 살기 위해서는 삶의 양식 전반을 변화시켜야 한다는 주장도 이해할 수 없다. 존재 양식이 지배하는 삶? 그런 게 있기나 하나, 있다면 어떤 형태가……

처음에 연우는 교과서에서 듣던, 그렇고 그런 말이라고 생각했다. 현실과 달리 당위로만 떠드는 진리들, '양소유'를 부러워하면서 '성진'처럼 살아야 한다고 주장하는 차원이라고 여겼다. 『구운몽』을 배울 때 그랬다. 대학을 가기 위해 공부하는 자체가 양소유의 삶인데 교과서와 시험이 요구하는 정답은 늘 성진이었다. 입신양명을 꿈꾸는 사대부들의 작품 주제가 안빈낙도나 자연예찬인 것도 허황되긴 마찬가지라 그냥 입시용으로 외우는 것이라고만 생각했다.

그런데 김민숙 선생은 연우에게 자꾸 물음을 던졌다. 책 글귀를 인용하며, 네가 공부에 열정을 가지는 이유는 무엇이냐, 무작정 대학만 가면 되는 거냐, 가지려는 욕심 때문에 정신이 망가지고 있는 건 아닐까…… 질문마다 황당하기 짝이 없었다. 그녀는 특히 논술 수업을 할 때처럼 책 읽는 순간의 느낌과 생각을 강조했다. 당장 백만 원을 소유하고 싶어 시작한 책읽기가 이상한 형태로 발목을 잡았다. 연우는 그야말로 '존재의 균열'을 느낄 수밖에 없었다. "소유하기 위해 존재를 저당 잡히지 않는가"라는 문장이 연우를 향하는 것만 같고 "사람은 자기가 무엇을 '해야' 하는가를 생각할 것이 아니라, 자기가 '무엇'인가를 생각해야 한다"는 에크하르트의 말이 가슴에 꽂혔다. 다시는 얘기하지 말자고 다짐하기도 했다. 그런데 며칠 지나지 않아 연우는 다시 교무실 문을 열었다. 반발심인지 오기인지 모를 그 뭔가가 연우를 움직이게 했다.

쉬는 시간이다. 세수라도 해야겠다고 생각하는데 교실이 소란스럽다. 삼삼오오 아이들이 모여 웅성거린다. 소문은 등굣길 채찍비처럼 세고 빠르게 퍼져 연우의 귀에까지 닿는다. ○○고에 다니는 삼학년이 죽었대. 휴대전화를 흔들며 반장이 말한다. 옆반 누구의 친척이라느니 혼수상태라느니 출신 중학교가 어디라느니…… 말이 꼬리에 꼬리를 문다. 교실에서 복도로, 이 반에서 저 반으로 새로운 소식들이 빠르게 넘나든다. 오토바이란다, 유조차랑 박았대, 트럭이라던데, 뒤에 탔다가 삼 미터 날랐대, 머리가 박살나고, 아휴……

"우리 학교 졸업한 김진석 있잖아. 걔가 몰았대."

그 순간 연우는 멈칫 서고 만다. 스윽, 날선 종이나 칼날이 살갗을 스치는 느낌이다. 연우는 애들 틈을 비집고 다시 물어본다. 역시 그 이름이다.

수업이 시작되고 선생이 들어오는 걸 보면서 연우는 뒷문을 열고 나간다. 걸음이 휘청거린다. 가슴이 벌렁거리고 눈앞이 어지럽다. 호된 감기를 앓을 때처럼 머리와 귀와 코가 한꺼번에 울렁거린다. 문득 정신을 차려 보니 화장실에 와 있다. 연우는 벌벌 떨리는 손으로 휴대전화를 연다. 컬러링이 끝나도록 동우는 전화를 받지 않는다. 연우는 입술을 깨물며 간밤에 받은 메시지를 열어본다.

　─못 들어간다. 어머니 보살펴주라.

무슨 예감이라도 있었던 걸까. 죽음의 기미를 느꼈나. 뜬금없이 웬 어머니 타령인가 말이다. 연우는 아무 생각 없이 문자를 받았던 자신을 원망하며 다시 통화 버튼을 누른다. 봄날은 가네 무심히도 꽃잎은 지네 바람에 머물 수 없던 아름다운 사랑들…… 컬러링 노래만 반복된다. 눈물이 주르르 흐른다. 동세 오빠의 장례식이 떠오른다. 정신줄을 놓은 어머니는 흰 국화꽃 무덤 사이로 쓰러지고, 아버지는 벽을 치며 울부짖었다. 오싹, 오싹오싹, 연우는 그때처럼 소름을 느낀다. 자기만 남겨놓고 뭉텅 잘려 나가는 형제…… 연우는 간신히 벽을 짚으며 동우의 번호를 누른다. 창미에게 해봐도 여전히 불통인 전화, 연우는 화장실 바닥에 쓰러지고 만다. 나쁜 놈, 나쁜 놈이라 연신 중얼거리면서.

　"그래서 동생 전화를 받을 때까지 울고 있었다는 거야?"
　"예."
　"죽었다고 생각했단 말이지? 애들이 몰려오는 줄도 모르고 통곡까지?"
　"외박한 데다가 진석이가 운전했다니까요. ……오빠 때문이에요."
　연우는 오빠와 동우에다가 아버지, 어머니 이야기까지 풀어낸다. 스스로 입을 여는 자신이 신기하다. 부끄러울 줄 알았는데 다소 쑥스러울 뿐이고, 고통스러울 줄 알았는데 의외로 후련하다. 장 원장과 같이 갔던 레스토랑이 멀리 보인다. 생각해 보니 나란히 서서 바다를 본 지점도 바로 여기다. 아련한 기억이다. 추억이 될 수 있을까? 연우는 문득 장 원장에 대해 말하고 싶은 충동을 느낀다. 하지만 그럴 수는 없다. 그 이야기를 하자면 반장 가방에 손을 댄 것부터 동우의 폭행 사건까지 줄줄이 엮어내야 한다. 어쩌면 그것은 영원히 비밀로 묻어두어야 할지도 모른다.

파도 소리가 배경음악처럼 낮게 깔린다. 차창이 내려진 틈으로 달빛이 깊숙이 들어온다.

"고맙습니다."

데리고 나와주어서다. 낮에 있었던 연우의 소동을 김민숙 선생도 알았던 모양이다. 결석 한 번 없던 논술 수업마저 빠졌으니 남다른 관심을 가졌는지도 모른다. 저녁때 전화를 받았다. 나, 김민숙이야. 예? 연우의 눈이 휘둥그레졌다. 뭘 그리 놀라나…… 지금 바닷가 가려는 참인데 같이 갈래? 예? 저, 저랑요. 그래, 내가 데리러 갈게. 너랑 나랑 같은 동네 살잖아. 몰랐구나, 나는 아는데…… 선생님, 무슨 일인데요…… 웬 의심이 그리 많아. 남편이랑 약속했다가 바람 맞았단 말이야. 이런 말까지 해야 해? 연우는 그제야 마음을 풀고 슬며시 웃었다.

자동차 밖으로 나오자 바다가 끝 간 데 없이 펼쳐져 있다. 달빛을 받은 바다 표면이 불투명한 유리처럼 번들거린다. 밤 낚시꾼들과 테트라포트의 실루엣도 그대로 보인다. 연우와 선생은 누가 먼저랄 것 없이 방파제 입구에 앉는다.

"아, 좋다!"

"좀 무서운데요. 밤이라 그런지 색깔도 깊이도 모르겠어요."

"그래, 낮 바다 하고는 다르지. 밤바다는 뭐랄까…… 더 신비로워, 무섭기도 하고. 하지만 어쩐지 거부해서는 안 될 것 같은 느낌이 들지. 우리 앞에 놓인 각자의 삶처럼."

그런가? 거부할 수 없는 바다…… 거부해서는 안 되는 바다…… 신비롭고 무서운…… 그렇다면 나는 어디쯤 건너는 중일까, 얼마나 더 가야 이 밤이 끝날까……

김민숙 선생이 연우의 침묵을 깬다.

"공부는 잘 되어가니?"

김민숙 선생이 공부 말을 꺼내는 게 이상하다. 모든 선생들이 공부에 때가 있다고 말할 때 그녀는 그건 출세를 위한 공부, 자격을 얻기 위한 공부일 뿐이라고 못 박았었다. 공부할 여건이 안 되는 사람이 들으면 얼마나 슬프겠냐고 덧붙이며 공부는 평생 하는 거라고 했다. 그런 그녀가 입시 공부를 말하고 있으니 낯선 것이다.

"예. ……아니요. 솔직히 말씀드리면 잘 안 돼요."

"걱정이구나. 아무래도 충격이 컸던 모양이다."

△△대학 추천을 두고 하는 말이다. 담임에게 자초지종을 듣긴 했으나 연우로서는 쓰라린 상처였다. '학교장추천전형'은 학교당 한 명에게만 해당하고, 여태까지의 관례에 의하자면, 연우가 그 대상자여야 했다. 하지만 합격 가능성을 따져 지영이를 올리자는 의견이 나와 담임들끼리 논쟁이 붙었다고 한다. 원칙대로 하자는 쪽과 대학이 원하는 기준에 맞추어 원칙을 다시 세우자는 쪽, 성적으로 줄 세

우는 게 말썽이 없다는 쪽과 대학에서 원하는 다른 활동들도 점수화하여야 한다는 쪽, 학교 명예가 달린 문제인데 될 만한 학생을 보내야 한다는 쪽과 붙고 안 붙고는 모를 일이고 알 필요도 없다는 쪽이 서로의 주장을 고집해 학년 회의가 몇 번이나 열렸다고 했다.

"연우야, 네 담임 선생님은 애 많이 썼다. 나중에는 이런 일로 회의를 한다는 자체부터 냄새 나는 일이라면서 학년부장과 다투기도 했어. 지영이가 그 반이니까 교장을 쑤신 거 아니냐고 따지더라. 논리적인 사람이 그렇게까지 말하는 걸 듣고 어지간히 속이 상했구나 짐작했지. ……너도 그렇게 생각하고 있는 거냐?"

"……"

"그렇진 않은 거 같아. 나도 처음에는 논쟁거리가 아니라고 생각했는데 그쪽 주장도 영 무시할 수 없더라. 교육청이고 학부형이고 노려보고 있는 마당이니 △△대학이라면 교장도 욕심 부릴 만하고."

"예에. ……할 수 없는 일이라는데 저라고 어쩌겠어요."

학년 회의에서 합의를 못 봐서 급기야 두 명의 서류가 함께 올라갔는데 교장이 지영이로 결정했다고 들었다. 그걸로 끝이었다. 연우는 물론 담임도 어쩔 수 없는 일이었다.

"그래, 그렇게 마음을 접어주니 고맙구나. 그리고 아직은 몰라. 지영이가 붙는다는 보장이 없듯이, 네가 더 나은 곳으로 갈 수도 있어. 새옹지마라는 말도 있잖니."

"……예. 그런데 그 말이 지금 제게 위로가 되지는 않아요."

"아니다. 연우야, 아니야."

김민숙 선생이 화급히 말을 받는다. 연우는 생각이 많지만 속으로 삼키기로 한다. 앞으로 살아가다 보면 지영이 같은 산이 계속 나타나겠지. 태어나면서부터 스펙이 두툼한 삶과 매순간 경쟁하겠지. 건너야 할 밤바다는 넓고 깊기만 한데 나는 낡은 배에 앉아 있는 거겠지. 그러니 지영이를, 이 학교를 잊지 말자. 있는 자들이야 꼬였다고, 삐딱하다고 비난하겠지만 독기만이 스펙인 사람은 어쩔 수 없는 거지. 살아남기 위해서는…… 연우는 머리를 흔든다. 걱정이 담긴 선생의 얼굴을 보면서 화제를 바꾸기로 한다.

"선생님, 사실은요, 그 일보다 감상문 대회 때문에 더 충격 먹었어요."

"어이구, 그러고 보니 이연우, 시련의 연속이었구나. ……지금에 와서 하는 말이지만, 나 그때 화가 많이 났었어. 개인교사처럼 써먹더니 깡그리 무시했잖아. 맞지?"

연우는 겸연쩍게 웃고 만다. 그 말의 의미를 알기 때문이다. 감상문 초고를 들고 갔을 때 김민숙 선생은 틀린 문장 없고 구구절절 바른 말만 썼다고 첫인상을 전했다. 인터넷을 열어 이곳저곳을 기웃거린 노력이 헛되지 않았나 보았다. 연우는 속으로 만세를 불렀다. 하지만 이어지는 지적은 그게 아니었다. 너는 어디 있어? 이 책의 어느 부분 혹은 전체가 네 감성을 건드렸는지, 생각에 균열을 가져왔는지 밝혀야. 내가 알기로 너는 그 책을 읽으며 혼란을 느끼며 이런저런 생각들을 했는데, 왜 그런 이야기가 없는 거지? 크고 그럴듯하게 보이려 말고 구체적으로, 솔직하게…… 아, 요즈음 네가 겪고 있는 혼란에서부터 글을 시작하는 것도 좋겠네…… 하지만 연우는 그녀의 지적을 무시했다. 다시 쓰라는 말인 것 같은데 시간도 시간이려니와 결점이 보이지 않는 자신의 글이 아까워 버릴 수 없었다. 연우는 그대로 원고를 제출했고, 결과는 참패였다.

"그런데 야단도 안 치시고 이렇게 바다까지……"

"하, 요것 봐라 싶더라. 묘하게 관심을 끌더군. 다른 선생들이 모르는 못된 구석을 봤으니 말이야. 개인적으로 한번 만나야지 싶었는데 마침 오늘 기회가 닿은 거지."

"……혼내시게요?"

"하하, 긁힌 자존심도 있고 하니 그럴까? 그런데 내가 심사하지 않았다는 건 알지? 이 말은 무슨 뜻이냐……"

"객관적인 심사에서 떨어지고 말았으니 이미 벌을 받았다는 말씀이지요?"

"잘 알아듣네. 그렇다면 한마디만 더 할까? 너와 똑같지는 않지만 나도 비슷한 경험이 있어. 잘난 척하고 큰소리치다가 어이없이 당한 거, 사실은 내가 어이없는 생각을 하고 있었다는 거…… 그런데 사람이 다 그래. 오류의 연속이지. 환하게 다 알면 그게 어디 밤바다겠어? 안 그래?"

연우는 연신 고개만 주억거린다. 묵혀서 하는 질책의 힘도 느낀다. 그 당시에 들었다면 무슨 흑막이 있는 것이라고 의심부터 했을 터였다.

파도가 쏴아 밀려왔다가 돌돌거리며 밀려나간다. 태곳적 소리 같

216

은 그 사이로 연우의 휴대전화 소리가 엉켜든다. 얼른 끄려고 하는데 괜찮으니 받으라고 한다. 연우는 조심스럽게 액정을 들여다본다.

"왜 그리 놀라니? 동생이야? 얼른 받아봐."

"예? 아니요. 괜찮아요."

연우는 나오는 대로 대답하면서 종료 버튼을 누른다.

"누군지 물어봐도 돼? 안색이 안 좋다."

"……다니던 학원의 원장 선생님이에요."

"근데, 수업이라도 빼먹은 거야?"

"아니에요. 이제는 그만둔걸요. 좀 놀라서……"

"……갈까?"

"……예."

건성으로 대답하며 연우는 따라 일어선다. 모기가 몇 마리 들어앉은 것처럼, 머릿속이 앵앵거린다.

바다를 떠나 집으로 돌아오는 길에도 내내 달이 동행한다. 어느새 연우의 동네로 접어든다. 사거리를 끼고 도는 약국 담 아래 비닐로 뚤뚤 뭉쳐진 짐이 쟁여져 있다. 야채를 담아 파는 바구니와 좌판일 것이다. 할머니는 지금 방바닥에 굽은 몸을 누이고 있을까? 마당에 쪼그려 앉아 호박꽃이나 백합에 머무는 달빛을 보고 있을까? 낡은 백열등 불빛을 친구 삼아 찬송가를 넘기고 있을까? 팔다 남은, 시장 바구니에 실려 들어간 야채들은 내일까지 시들지 않고 견뎌줄까?

"선생님, 혹시 저기 계시던 할머니 기억나세요?"

"그럼. 나도 단골이야. 예전에는 저쪽 건너편에 계셨지. 그 자리가 불나는 바람에 옮기셨잖아."

"그 할머니가요, 애면글면 살면서도 성당에 꼬박꼬박 헌금을 냈다고 하네요. 매달 오만 원을요."

"어머, 믿음이 대단하신 분이구나."

"봄부터 장사를 못하게 되었잖아요. 그 소식이 성당에 알려져 교인들이 모금을 했대요. 이백만 원쯤 모아서 신부님이 들고 왔는데 할머니가 끝끝내 거절했다고 해요."

"그러기 쉽지 않을 텐데……"

"결국 그 돈은 양육원으로 갔대요. 대신 약국을 하는 교우가 자리를 내주고 신부님은 파라솔을 달아주셨다 하고요."

동우와 아버지가 나누는 대화를 옆에서 들으며 알게 된 사실이었다. 하지만 연우는 우리 할머니라는, 목까지 올라오는 말은 속으로 삼켰다. 부끄러워서인지 아껴두고 싶어서인지는 모르겠다.

"선생님, 저는요…… 아니에요."

"말을 꺼냈으면 해야지. 그렇게 멈추면 궁금하잖아."

"좀 생뚱맞은 얘기라서……"

"괜찮아. 아! 하기 힘들면 다음에 하고."

"……할게요. ……저는 말이에요, 마음먹은 길을 끝까지 가볼 거예요. 옳은 길이 아닌지도 모르겠지만, 저의 밤바다를 건널래요. 지금은 그럴 수밖에 없어요. 대신…… 무조건 가지는 않을게요. ……많이 생각하고 제 마음도 챙길게요. ……주위도 살필 거예요.

「눈길」의 주인공 같이는 안 되게 말이에요."

　마침내 할 말을 했다는 듯 연우는 긴 한숨을 쉰다.

　차가 연우네 골목 입구에 닿는다. 헤드라이트가 꺼지고 엔진이 멈춘다. 차 안의 소리가 완전히 거두어지는 그 순간, 김민숙 선생이 연우의 손을 더듬어 잡는다. 붙잡힌 손이 떨린다. 연우의 몸도 떨린다. 이제 문을 열고 나가면 자신도 세상도 달라져 있을 것 같다. 낯설지만 건너볼 만한 세상이 자신을 기다리고 있을 것 같다. 연우는 차 문을 열기 위해 손잡이를 잡는다.

8월 23일, 동우・아버지

　동우는 고개를 젖혀 위를 본다. 골목으로 접어든 지 꽤 되었는데 아직도 끝이 보이지 않는다. 포개진 집들이 아래로 쏟아질 것만 같다. 숨을 할딱이며 연신 손부채질을 해보지만 후텁지근한 공기가 만만찮다. 앞선 아버지도 힘든 건 마찬가지인지 걸음을 멈춘다. 돌아서서 동우를 바라보며 손수건으로 땀을 훔친다.

　"다 왔다. 저 언덕만 넘으면 된다."

　거기서부터의 길은 동우에게도 익숙하다. 까맣게 잊고 있다가도 앞에만 서면 환하게 그려지는 골목들, 어린 시절 날마다 싸돌아다녔던 길들이다. 세월을 따라 더 좁고 낡은 시멘트길, 동우는 여러 갈래 중에서 가장 빠른 골목을 택하여 아버지를 앞선다. 왜 따라나섰는지 모르겠다. 연우처럼 내일 개학이라 준비할 게 많다면서 몸을 뺄 수 있었을 것이다. 하지만 동우는 핑계를 댈 수 없었다. 무슨 일이냐고 물어보지도 못한 채, 씻을 새도 없이 신발을 꿰찼다. 가뜩이나 사고 친 것이 많은 데다 주유소 알바도 들켜 면목이 없던 중이었다.

거의 일 년 만에 찾은 산비탈 집은 주인인 할머니처럼 낡고 초라하다. 배배 꼬인 줄기에 듬성듬성 달린 포도알과 시들지 않은 끝물 고추가 있어 사람 사는 집이라고 알 만한 정도다. 그래도 한켠은 제법 알록달록하다. 어린 시절 손톱을 물들이던 봉숭아와 소꿉놀이했던 분꽃이 자리를 다투고, 어머니가 좋아하는 백합은 꽃 떨어진 자리마다 검은 씨앗이 맺혀 있다.

반갑게 맞이하는 할머니에게 제대로 답도 못한 채 동우와 아버지는 엉거주춤 쪽마루에 앉는다. 주일인데 성당엔 잘 다녀오셨어요? 아버지의 말에 할머니는 자리를 훔치다 말고 환하게 웃는다. 성당에 꿀이라도 발라놓으셨는지 노상 그렇게 '성' 자만 나와도 입부터 벌어진다.

연신 성당 이야기를 하며 미숫가루를 권하던 할머니가 안방으로 들어간다. 어린 시절을 보낸 방이 저렇게 좁았는지 새삼 쳐다보인다. 옆방도 마찬가지라 팔을 벌리면 이쪽저쪽 벽이 다 닿을 정도다. 저런 방에서 오랜 세월을 살았다는 게 도무지 믿기지 않는다. 잠시 뒤 할머니가 무엇을 들고 나온다.

"애비야, 이거 가져가라."

미숫가루를 마시던 아버지가 놀란 눈으로 쳐다본다.

"이, 이게 뭐예요?"

"보면 모르나? 집문서야. 이 집."

"왜 이걸……"

"며칠 전 네가 다녀가고 난 뒤 나도 오래 생각했어. 이까짓 게 돈이 되겠냐만 그래도……"

동우는 할머니와 아버지를 번갈아 쳐다본다. 도대체 무슨 일이 있었는지 알 수 없다. 할머니가 누런 서류 봉투를 어서 받으라고 재촉한다. 얼굴이 벌게진 아버지는 묵묵부답이다. 그러자 할머니는 동우에게 그 봉투를 건넨다. 어째야 좋을지 난감한 동우는 아버지만 바라본다. 이윽고 아버지가 천천히 입을 연다.

"어머니, 죄송해요. 그날은…… 올 데가 여기밖에 없었어요."

"애야, 당치도 않은 소리 말아라. 에미란 이름만 있다뿐 무엇 하나 도와주는 게 없으니 내가 미안하지."

"다 술주정이었어요. 이러지 않으셔도 돼요. 동우야, 그 봉투 안방 서랍에 갖다둬라."

단호한 아버지의 말에 동우는 엉거주춤 일어선다. 하지만 할머니의 말에 다시 주저앉고 만다.

"네 말마따나 에미 병원 보내야 하고 애들도 대학 가야지. 너는 또 어쩌고. 언제까지 마음만 졸일래? 뭔가 결정을 봐야 하잖아. …… 너희들이 편해야 나도 사는 거야. 자식이 힘든데 이까짓 집 지니고 있어봤자 무슨 소용이야. ……동우야, 아버지 모시고 내려가라."

할머니는 동우의 호주머니에 봉투를 찔러 넣으려고 한다. 동우는 이러지도 저러지도 못한 채 아버지만 다시 본다.

"어머니, 잠깐만요. 제 얘길 좀 들어보세요."

아버지의 다급한 말에 할머니와 동우는 실랑이를 멈춘다.

"사실 부탁은 따로 있어요. 그것 때문에 왔습니다. ……오면서 동우와 얘길 했는데 ……우리가 여기로 들어와 살면 안 될까요?"

"예?"

동우의 반문은, 그러나, 아버지의 강한 눈짓에 제지당하고 만다.

"집에서 낫기를 바라기는 어려울 것 같으니 에미는 병원으로 보내고 우리는 여기로 올게요. 애들 대학 가면 전셋돈을 빼야 한다고 전부터 각오했었어요. 그러니 조금 미리 정리하는 것일 뿐이에요. 빚 갈망부터 해서 이자 부담이라도 없애야……"

무슨 소리냐고, 저 좁은 방에서 어떻게 사냐고 말하고 싶었으나 동우는 입을 열지 못한다.

"네 생각은 알겠다만 여기서 어떻게 살겠니. 부엌이며 변소…… 아서라, 불편해서 안 돼."

그래요, 할머니 말씀이 맞아요. 동우는 하고픈 말을 삼킨 채 다시 아버지 눈치를 살핀다.

"괜찮습니다. 예전에도 다 살았는데요, 뭐. 어머니만 도와주신다면 그렇게 하고 싶어요. ……죄송합니다. 편하게 모시지는 못할망정 짐만 안겨드려서……"

"나야 이래도 저래도 무슨 상관이냐. 그건 정말이지 괜찮은데, 너희들이……"

할머니는 말을 잇지 못하고 기어이 눈물을 찍어낸다. 동우는 후,

한숨을 쉬며 마당으로 내려선다. 자기도 모르는 사이에 고개를 절레절레 흔들고 만다.

여름도 기세가 한풀 꺾이는지 해질 무렵은 제법 선선하다. 동우는 비닐봉지를 흔들며 걷는 아버지의 뒷모습을 한참 동안 쳐다본다. 살이 빠졌는지 회색 근무복이 헐렁해 보인다. 많아서 고민이라던 머리숱은 어느새 듬성해지고 머리카락도 희끗희끗했다. 호기 있게 자랑하던 허벅지나 장딴지도 그 단단함을 잃었다. 동물원 우리에 갇힌 짐승처럼, 아버지는 근무복에 갇힌 채 날마다 낡아가는 중이다.

"주세요. 내가 들게요."

아버지가 웬일이냐는 표정으로 쳐다본다. 좀 전만 해도 스타일 구긴다며 거절했던 야채 봉투를 난데없이 달라고 하니 그럴 법도 하다.

넓은 그늘을 드리운 느티나무가 보인다. 골목길을 다 내려왔다는 뜻이다. 동우와 나란히 걷던 아버지가 나무 아래에 놓인 벤치에 앉는다. 동우도 건너편 자리에 엉덩이를 걸친다.

"하모니카 한번 보자."

뜬금없는 말이지만 동우는 대꾸 없이 호주머니에서 하모니카를 꺼낸다. 아버지는 그것을 한동안 물끄러미 바라본 뒤 천천히 음계를 낸다. 이윽고 「섬집 아이」 가락이 흐른다. 첫 소절에서 몇 번 실수가 있었으나 이내 음이 고르고 정확하다. 바닷가였던가, 전에도 아버지는 이 곡을 분 적이 있다. 그때보다 지금, 곡조가 유난히 애잔하다.

"좋은데 왜 그만하세요?"

동우는 진심으로 말하면서도 뜸 들이기용인 걸 눈치 채고 잠자코 하모니카를 받아 든다.

헛기침을 하고 난 뒤 아버지는 회사 이야기를 한다. 텔레비전이나 블로그를 통해 자주 접해서 그런지 동우도 알아들을 만한 설명이다. 앞으로 회사는 '노동자 자주관리기업'이 될 것이라고 한다. '파업대책위원회'에서 체불임금과 퇴직금 마련을 위한 권고안이 만들어졌고, 그걸 노조와 사측이 받아들이면서 분쟁이 최종 타결되었다는 것이다. 밀린 임금을 주식으로 받게 된 셈이다.

"그런데 그게 아버지와 무슨……"

"그렇지? 이미 나와는 ……상관없는 일이지."

아버지가 쓸쓸하게 웃는다. 동우는 제 머리를 다시 친다. 아차, 싶다. 아버지가 잔뜩 술을 마셨던 이유, 할머니를 붙잡고 울었다는 까닭을 알 수 있을 것 같다. 동우는 아버지가 속마음을 말할 수 있도록 다급하게 입을 연다.

"노동자 자주관리기업이라고요? 운전하는 사람들이 주인인 회사란 뜻이에요?"

"어? 그래, 그렇지."

"운전만 해오던 사람들이 어떻게 회사를 운영해요?"

"나도 잘은 몰라. 오일호 아저씨가 그러는데 경영진을 따로 구성

한다는구나. 일종의 역할 분담이래. 경영진에서 각종 규정을 만들
면 조합원 총회에서 투표를 거쳐 인준하는 건데 이미 진보정당 교
수, 시민단체 상임의장, 교회 목사를 주식 위탁자로 선정했단다."

"아, 아버지도 하실 수 있는 거예요?"

아버지는 말이 없다. 입이 바짝 마르는 것을 느끼며 동우는 대답
을 재촉한다.

"……같이 하자고 권하기는 하는데 내 입장이 그렇잖아. 이제
와서 다시 그 편으로 갈 낯짝이 없지. 남들이 뭐라 하겠니?"

나뭇잎 하나가 천천히 떨어진다. 용기는 시간을 당긴다고 했다.
동우는 몇 번을 망설이다가 아버지 손을 끌어다 잡는다. 가슴이 쿵
덕거린다. 동우는 자신이 닮았다는 아버지의 큰 눈을 바라본다.

"제가 ……사고 칠 때마다 그러셨잖아요. 누, 누구나 시행착오
는 있다고요. 어른들도 그럴 수 있는 거 아닌가요? ……아버지가
하고 싶으시면 다른 사람들이 어떻게 생각하든……"

"너는…… 내가 부끄럽지 않았니?"

동우는 구겨지는 아버지의 인상을 살피며 잡은 손에 힘을 준다.

"처음에야 뭐…… 그런데 지금은 우리 때문이라는 거 알아요.
연우도 느끼는 게 많다고 했어요. 학원 원장과 그런 일 있고 나서
말하더라고요. 죄송하다고……"

"그, 그래?"

아버지의 목소리가 떨리더니 고개가 푹 숙어진다. 동우의 눈에
아버지의 뒷덜미가 들어온다. 검고 주름진 피부 위로 척추뼈가 도

드러져 있다. 동우는 저 뼈가 받치고 있는 아버지의 얼굴을 그려본다. 그 얼굴은 아버지가 아니라 자신과 연우였다는 생각이 든다. 눈을 슴벅거리는 순간 휴대전화가 울린다. 김윤아의 노래가 흐르니 창미일 것이다. 동우가 전원을 끄려는데 아버지가 끼어든다.

"누구냐?"

"여자 친구요."

말해놓고 나서 동우는 스스로 놀란다. 무심결에 나온 말이다. 아버지가 씩 웃는다. 요즘 들어 처음 보는 웃음이다.

"받아라."

"예? 아, 예."

동우는 반쯤 몸을 돌려 앉으며 통화 버튼을 누른다. 창미는 어디냐고, 저녁에 합기도장에서 보자고 한다. 번거로울 텐데…… 아니, 나야 좋지…… 그래, 나중에 봐…… 동우는 아버지를 힐금거리며 전화를 끊는다.

"저 요즘 알바 관두고 합기도장 다녀요. 관장님이 보조 사범으로 써주셨어요. 열심히 하면 그거로도 대학 갈 수 있다고……"

그간의 사정을 늘어놓던 동우의 말이 잘린다.

"그것보다 전화 상대가 더 궁금한걸. 야! 여자의 마음을 잡으려면 내게 의논을 해야지. 내가 이래 봬도 한때는 네 엄마 같은 미인을 잡은 사람 아니냐."

"에이, 어머니가 무슨 미인이에요?"

동우의 말소리가 크고 높다. 옆구리를 치는 아버지의 팔꿈치를 받다 보니 어린 시절로 돌아간 것만 같다.

"아버지, 아직도 어머닐 사랑하세요?"

"사랑? 글쎄다. 사랑의 색깔이 한 가지라면 아닌 것 같기도 하고 여러 가지 색이라면 사랑하는 중인 게고. ……예전에는 그런 사람 아니었다. 지금은…… 너무 멀리 와버려…… 뭐가 길인지 모르겠어. 가련하고 애처로운데 자꾸 울기만 하니……"

"아아, 그럴 때는 확 안아주셔야죠. ……여자들은 이상하더라고요. 알 듯 말 듯 힌트만 던져놓고 남자가 자기 마음을 읽고 움직여주길 원해요. 오직 한 사람한테만은 공주가 되고 싶은 거라나 어쨌다나……"

"응? 그런가? 동우 너, 진짜 연애를 하나 보다. 제법 컸는데?"

"예? 아이 참……"

동우는 쑥스러운 듯 머리를 긁적인다. 풋풋, 낮은 웃음이 노을 진 얼굴에 번진다.

그 사이 길 건너편 식당 간판에 불이 들어온다. 바라보고 있던 동우가 호기롭게 말한다.

"아버지, 저녁 드시고 가실래요? 돼지국밥 좋아하시잖아요."

"조오치. 네가 사는 거냐?"

"당근이죠."

아들이 사는 밥이라…… 중얼거리는 아버지를 따라 동우도 일어난다. 앞서 걷는 아버지의 뒷모습이 아까보다 훨씬 반듯해 보인다. 동우는 바삐 걸어 걸음을 맞춘다.

"우리끼리만 먹자니 좀 그러네."

식당 문고리를 잡은 채 아버지가 혼잣말처럼 중얼거린다. 동우 역시 무슨 대회인가 예선전부터 떨어졌다고 완전히 풀이 죽은 연우, 맥없이 누워 있는 어머니를 생각하던 중이었다. 동우는 옆으로 비켜서며 국밥집 문을 연다. 구수한 냄새가 코끝을 간질인다. 동우의 에스코트에 아버지는 헛기침을 하며 안으로 들어선다.

어디선가 선들바람이 분다. 동우는 뒤돌아서서 연우의 휴대전화로 연결되는 단축번호를 누른다. 이 전화는 결번이오니…… 아, 그렇지. 휴대전화를 없앤다는 말을 듣고도 습관적으로 걸고 말았다. 비록 오늘은 아니더라도 함께할 수 있으리라, 무게를 나누면 그날은 빨리 오리라…… 동우는 손가락에 힘을 실어 집 전화번호를 꾸욱 누른다.

한 개인을 규정짓는 말들은 여러 가지가 있겠지요. 저 같은 경우는 청소년을 가르치는 교사인 동시에 청소년의 엄마입니다. 청소년 소설을 쓰는 사람이기도 하지요. 그래서 그런지 다양한 각도에서 많은 일을 듣거나 겪게 됩니다. 성적이나 가족 때문에 힘들어하는 아이들을 보고, 이해할 수 없는 자식과의 간극을 하소연하는 부모를 만나며, 본질은 던져둔 채 경쟁과 성과 내기에 급급한 교육현장을 온몸으로 느낍니다. 이러다가는 자본주의라는 저 거대한 괴물에 가정과 학교가 붕괴되는 건 아닌가 하는 무섬증마저 듭니다.

이 지경이다 보니 왜 이런가 되짚어 생각해보지 않을 수 없습니다. 여러 요인이 있겠지만 우선 우리 스스로 지나치게 경직되어 있는 건 아닐까요? 자신의 입장만 틀어쥔 채 말입니다. 부모는 자식을 품 안의 아이로만 대하고 자식은 부모의 헌신과 희생을 당연하다고 생각하는 건 아닌지요? 교사와 학생 사이는 어떤가요. 상대를 관념적으로 상정해놓은 다음 그 선에 미치지 못하면 불신하고 외면하지 않나요? 서로 다가서는 방법, 마음을 나누는 방법은 조금도 고민하지 않으면서 말이에요.

지난 몇 년 동안 우리 문학계에는 '지금, 현재'를 살아가는 '1318 세대'의 방황과 갈등을 다룬 청소년소설이 많이 생산되고 읽혔습니다. 반갑고 고마운 일이지요. 그런데 청소년소설은 청소년만 읽어야 할까요? 저는 그렇지 않다고 생각합니다. 청소년 세계를 잘 보여주는 소설이라면 청소년을 이해하고자 하는 어른들도 읽어야겠지요. 뿐만 아니라 요즘 애들을 모르겠다고만 할 게 아니라 부모의 갈등과 고민도 솔직하게 털어놓아야겠지요. 바로 여기에, 제가 청소년뿐만 아니라 어른들의 목소리도 담게 된 이유가 있습니다. 저는 이 글을 읽는 청소년들이 종술 씨나 명옥 씨의 이야기를 통해 자신의 부모님을 이해하기를 바랍니다. 마찬가지로 부모와 교사들은 연우나 동우, 창미를 읽어나가며 아이들의 고충을 감싸주기 바랍니다. 그리하여 베이스캠프인 가정에서 힘을 충전한 우리 청소년들이 학교 교육을 통해 사회의 동량으로 성장하길 소원합니다.

가족에 대한 이야기를 쓰면서 많은 가족을 기웃거렸습니다. 제 유년 시절의 가족, 제가 속하게 된 가족, 제가 꾸린 가족, 피붙이와 벗들의 가족을 고찰하는 시간들이 많아졌습니다. 한참을 들여다보니 연우처럼 까칠한 애나 동우처럼 학교 체제와 맞지 않는 아이도 이해하게 되었습니다. 실직과 가난, 가정불화나 가족의 죽음으로 고달픈 삶을 영위하는 부모들에게 동병상련의 느낌도 가졌습니다. 그러니 이 소설은 제가 직·간접으로 경험한 여러 가족들과 이웃에 대한 이야기입니다. 이 자리를 빌려 그 모든 가족이 덜 힘들고 더 행복하길 바랍니다. 아픈 흔적으로 남은 분들의 명복도 빕니다.

누구에게나 밤바다는 있습니다. 인간은 각자의 몫으로 주어진 밤바다를 건널 뿐입니다. 때로는 어두운 물밑으로 빠지기도 하고 간신히 다시 올라서기도 하겠지요. 어리다고 봐주는 법 없고 어른이라고 수월한 게 아닙니다. 삶이란 그렇게 누구에게나 예외 없이 엄중하고 냉혹한가 봅니다. 저 역시 운명으로 주어진 밤바다를 안간힘으로 건너는 중입니다. 소설이라는 노를 가지고 말입니다. 이 사실은 저를 행복하게도 하고 두렵게도 합니다. 골방으로 밀어 넣기도 하고 광장으로 끄집어내기도 하니까요.

소설을 알게 된 후, 특히 요 몇 년 동안의 항해에 최시한 선생님의 가르침이 컸습니다. 그분이 아니셨다면 이 책은 나오지 못했을 것입니다. 진심으로 감사드립니다.

2011년 1월
강미

232